Best Time

白马时光

有钱人多得像水果里的虫子，
而心善的人却是少得很哪。
只有好心人才能得到我的宝贝。

她看到了波万的内心，
发现了真正的奇迹。

“我们为了让人吃肉而死，
我们为了献祭而死。”

躺在那里的不是波纳奇，
而是一具石像。

一位无辜的女孩被人世间

任意而无时不在的暴力摧残，

而她的故事却被人当成神话崇拜。

POONACHI
THE STORY OF A BLACK GOAT

黑山羊波纳奇

〔印度〕佩鲁马·穆鲁根 著
卢屹 译

天津出版传媒集团
百花文艺出版社

图书在版编目（CIP）数据

黑山羊波纳奇 /（印）佩鲁马・穆鲁根著；卢屹译
. -- 天津：百花文艺出版社，2021.1
ISBN 978-7-5306-7990-6

Ⅰ. ①黑… Ⅱ. ①佩… ②卢… Ⅲ. ①长篇小说－印度－现代 Ⅳ. ① I351.45

中国版本图书馆 CIP 数据核字（2020）第 253656 号

天津市版权局著作权合同登记章
图字 02-2020-344

黑山羊波纳奇
HEI SHANYANG BONAQI
〔印度〕佩鲁马・穆鲁根　著　卢屹　译

特约策划：李　肖　　**封面设计：**8⊙图・小贾
责任编辑：魏　青　　**特约编辑：**李　肖　王　婷
出版发行：百花文艺出版社
地址：天津市和平区西康路 35 号　**邮编：**300051
电话传真：+86-22-23332651（发行部）
+86-22-23332656（总编室）
+86-22-23332478（邮购部）
网址：http://www.baihuawenyi.com
印刷：河北鹏润印刷有限公司
开本：880 毫米 ×1230 毫米　1/32
字数：90 千字
印张：7.25
版次：2021 年 1 月第 1 版
印次：2021 年 1 月第 1 次印刷
定价：49.80 元

如有印装质量问题，请与河北鹏润印刷有限公司联系调换
地址：河北省沧州市肃宁县工业聚集区
电话：0317-5196862　　邮编：062354

目录
contents

休眠的种子

（为 2016 年 12 月出版的泰米尔语《黑山羊波纳奇》所作的序言）

一个不为人知的故事在休眠的种子里能沉睡多久？我害怕书写人类，更害怕书写神灵。或许，我可以书写怪兽。我甚至熟悉一点点怪兽的故事，写的东西可以作为消遣。是的，请让我写动物吧。

我特别熟悉的动物只有五种。其中，猫狗本是诗歌的对象，而写猪牛是禁忌，所以就只剩下山羊了。山羊没有问题，无伤大雅，尤其是它还挺有活力。故事是需要叙事节奏的。因此，我选择写山羊。

我写这部小说没花太长时间，仿佛三个月一瞬间就过去了。在那个瞬间，我放下了一直以来感受到的种种困惑、为难、悲伤，内心充满了极大的愉悦，原因就是波纳奇。在纸面上创造她这个形象是一个巨大挑战，这其中最大的阻碍就是深植我心中的不自信。我相信，波纳奇能够化解这种不自信。而现在我觉得，我对她的信念并非一无是处。

一开始时，我给小说选了一个简单的标题：《一只黑山羊的故事》。而在写作过程中，“波纳奇”这个标题意外出现了。因此我想把两个标题合并在一起。在十九世纪最后的二十五年，大多数早期的泰米尔语小说都有这种双标题。史上第一部泰米尔语小说的原名是*Pratapam ennum Pratapa Mudaliar Charithiram*（《英雄事迹：普拉塔帕 · 穆达利亚尔的故事》）。另外还有不少例子，比如*Abathukkidamana Abavatham alladhu Kamalambal Charithiram*（《危险诽谤：卡玛拉姆宝儿的故事》）、*Nalina Sundari alladhu Nagarigath Thadapudal*（《娴雅少女：现代性之喧哗》）。目前的标题有助于实现我自己的一个心愿，也就是起码要通过书名来继承那些遥远先辈的文学传统。

我必须致谢的人很多。首先是我的朋友、马杜赖高等法院律师G.R.斯威米纳坦及其夫人卡玛克什·斯威米纳坦。他们给予我的教诲甚多。某一天，我在日记中写道：“我从这些年来的生活经验中得出一个教训，就是人并没有那么善良、正直。”就在同一天，我第一次遇到了斯威米纳坦。

在与他相处的这两年中，我最初的想法完全改变了。人可以超越思想分歧，凭着爱融洽相处，这是我从他身上学到的重要一课。另一位对我有着同等影响，鼓励我笑对一切的人是斯威米纳坦的夫人卡玛克什。我非常荣幸地将这部从某种意义上可称为是我的首部散文体虚构作品的小说献给这两位杰出的人士。

当我把小说名字告诉朋友斯里尼瓦桑·那塔纳让后，他支持我，为我打气。衷心感谢他在为我小说的各种版本做封面设计时付出的辛劳与热忱。

衷心感谢各位。

佩鲁马·穆鲁根

2016年12月写于纳马卡尔

从前，

在一个村子里有一只山羊。

没人知道她是在哪里出生的。

一个平凡生命的降生从不会留下痕迹，对吗?

即便如此，她的来临也多少是有些不寻常的。

上篇

第一章

从前，在一个村子里有一只山羊。没人知道她是在哪里出生的。一个平凡生命的降生从不会留下痕迹，对吗？但即便如此，她的来临也多少是有些不寻常的。

那一年，在叫作奥达坎丘陵的这片几近荒芜的土地上，天没怎么下雨。前几年也差不多。要是有一天难得下了半个钟头的雨，有些自以为是的家伙就会管它叫“倾盆大雨”。他们从没有见过那种连着几个月都是瓢泼大雨整天不停的雨季。要是雨下得大一些，他们就会埋怨道：“雨怎么下这么大啊？”要在雨中保护财物，每当出门时就会被淋湿，对此，他们感到厌烦。然而，即便是敌人，也该以礼相迎。如果我们埋怨、驱赶给我们带来财富兴旺的雨水，那么它还会再上门来吗？

老汉坐在田地附近的土丘上，就这样思忖着缺雨的事，呆呆地望着天空。他是一个农夫，住在阿修罗地区。田里的庄稼都收割完了，收成却一般般。但即使在收割之后，田里还是长着茂盛的青草。露水的季节快要到了。有了露水的覆盖，青草能够抵御炙热的阳光，还能苟延残喘几天，然后才完全枯萎了。虽说老汉有几只山羊可以在这里放牧，但他还是希望再多养一只山羊，并且在两个月内养大它。

他坐的土丘下面有一个小坑，旁边有一片烈日炙烤着的田地。他特别喜欢在日落时分坐在那里，看着地平线上一片绯红在蔓延的景象。跟在其他日子里一样，在牧羊的日子里，他要看完那斑斓景象在天空展现之后，才会离开。要是不巧错过了，他会感到难过，就好像被剥夺了一样宝贵的东西。“在田里坐着看一会儿天吧。头脑会清醒的。”

老太婆会这样逗他。

一天，当他正在欣赏日落的时候，在长长的田埂上，有一种不寻常的东西吸引了他的视线。一个庞大的身形正在远处移动。这种东西像是一棵被砍光树枝的树干把自己连根拔起，在田埂上走了起来。老汉不由自主地站起身。过了不久，他看清楚了，那是一个人的身影在暮光中被拉长了。

这附近的人，老汉都认识，包括大大小小的孩子。这人会是谁呢？从走路的姿势看不出。他想，在两个大步子当中的空地上，能躺一个一米八的大个子，而且两边的胳膊能随意伸开。

正是傍晚时分，人影动得很快，也许是因为他想在夜幕降临前去到什么地方吧。看起来，过几秒钟，他就会经过这里。老汉觉得，在这个地界里，没有人是他不认识的。他也从来没想到，有人能这么轻易地对他视而不见，一走了之。这个巨人是谁？

过了一会儿，巨人摆动的右手，曲起的左胳膊出现在

老汉的视线里。当老汉看见巨人把左臂按在胸口时，他怀疑那只胳膊根本就用不着。靠一只胳膊走路速度就这么快，想想看，要是左胳膊也摆动起来，他得有多快！为了认出巨人是谁，老汉爬下土丘，往田埂走去。

他身形伟岸，有棕榈树一半那么高，只在腰上裹着一块遮羞布，那块布似乎在随风飘动。尽管老汉已经在远处发现了巨人，但他还是很快就靠近了。看样子，他会在几秒钟的时间内经过这里，然后永远消失不见。老汉生怕白白错过他，离得远远的就喊道："谁在那里？"巨人立刻停住脚步。"是我，老伯。"他喊道。他的声音像是在木头里钻洞的黄蜂。老汉还是认不出他。尽管离得有些距离，但他还是要抬起头才能看到巨人的脸。

"你是哪位？你好像是新来的吧。"老汉说。

"哪儿的话，"巨人回答，"我是这片儿的人哪。我一个村子接着一个村子地走着，想把这只小羊羔卖掉。还没找到买家呢。她出生才一天。所以我要把这些田地都走遍啊，老伯。"

“去集市，不一会儿就卖掉了。”老汉说。

“集市上谁会买我的小崽儿啊，阿伯？”巨人笑了。

这人挺狂的，老汉心想。

“那些家伙会过来，一个个地抓住她的下巴，看她的牙齿。他们会捏她的腰，扯她的奶，摸她的背。没见过集市上那些可怜的山羊像展览品一样站着吗？我会让那些老货的手碰这宝贝羔子吗？所以我才不能把她带到集市上去呢。我是养活不起这崽儿了，就一个村子挨着一个村子地跑，想找个能好好照拂她的人。”巨人解释道。

他的舌头估计能伸得跟身子一样长，老汉心想。他瞄了瞄羊羔，几乎看不见她。也许她窝在巨人的臂弯里呢。在暗下来的暮光里，他看不清羊羔的样子。他不愿意走近。

“你说你走了几个村子。那里没人花钱买这只神奇的羊羔吗？”

“唉，有钱人多得像水果里的虫子，而心善的人却是少得很哪。只有好心人才能得到我的宝贝。”

他弯下腰，把羊宝宝放在地上。他的后背宽得像花岗岩一样。一只胖乎乎的大虫子在他脚边蠕动着。他又站直身子，摘下头巾，擦了擦脸上和上身的汗水。

“瞧，她可不是一般的羊羔。她妈妈一窝生了七只崽儿呢。等她妈妈生下第六只，我以为生完了，只剩下脐带了。可是她再一次收缩身子，使起劲儿来。这第七只就出来了，像颗屎蛋似的掉了出来。她真是个奇迹啊，瞧瞧她。”巨人说。

日落时分悄悄刮来了一阵怡人的轻风，但巨人身上的汗流得像小河一样。老汉惊奇地在一旁看他用毛巾拦住汗水，擦干身子。“这是什么人啊？他是从外星球来的吗？”他暗自想道。

巨人接着说：“我不能再游荡下去了，阿伯。我的日子快到头了。我把这孩子交给你就走了。好好照看她吧，老伯。”

他把羊羔抱起来，放到老汉手里。一开始，老汉感觉像是个锤子蹭到了他的手，然后，他在手心看到了一朵花蕾。老汉从来没见过这么小的羊羔。他惊奇地看着她。她扭动的身形窝在他的臂弯里。羊羔的颜色是全黑的，甲虫那样的亮黑色。老汉用手心托住她的脖子，抬起头。巨人走了，他消失在小路尽头的黑暗中。

“兄弟！兄弟！这羊羔你不要钱了吗？”老汉喊道。

巨人不可能听得见了。老汉静静地站着，看着那个身影缩成了一个点，然后完全消失不见。老汉慢慢转过身，一股焦虑油然而生。他是想要一只山羊，在青草地上放牧。但这颗小屎蛋意外地掉在了他手里，他怎么能把她养大呢？

第二章

老汉翻过土丘，走进田里。他早已拔了一些草，装满了篮子。他把小羊羔放在那堆草的上面，然后拿起篮子，顶在头上走起来。迷雾一样的夜色降临了，在西方那片绯红的天际上蔓延开来。该回家了。像巨人那样的人，迈着大步子，大概没一会儿就到了。

但他要走过田地，沿着烂泥路走，然后穿过湖岸，在快干涸的土地上还有一条漫长的小路，沿着小路慢慢走就到家了。

走到小路上时，他的影子开始消失了。他大步走着，想趁着天没黑、还看得到前路时赶回家。这片土地上到处都是收割过的田地。他不时看见几个人在给羊吃过新草后，带他们回家。但要不是为了这只小羊羔，这会儿他带着一篮草就该到家了。

往前走的时候，他突然听到小羊羔的哭声，那声音像是在不停哼哼着。羊羔不但像虫子一样吃掉了他的时间，现在她还哭，他气得想打她。这时他看见几个羊倌从四面向他跑来，嘴里喊着“噻依，噻依”。老汉停住脚步，感觉有点儿不对劲。一阵大风差点儿把篮子从头顶吹掉。他紧紧扶住篮子。有个人奔上前来，抓住老汉的胳膊，扶稳他，不然他就脸朝下栽倒在泥土里了。这个人把篮子从老汉的头上拿下来，放在地上。等老汉回过神后，气喘吁吁地问：“出什么事了？”

“往那边看。”那人说着，指向西面。一只大鸟扇着翅膀飞走了，飞向了早已没入黑暗的山峦。

“你这篮子里有啥东西，让大鸟想捉了去？”两三个人走上前问，“你在田里捉到了耗子？”

这时候，羊羔在篮子里慢慢站起来，嘟囔着：“嗯——”老汉还在发抖，说不出话。

“篮子里有这么只大黑虫子，难怪老鹰要打劫啦。”有人抱起羊羔，笑着说。

“这是个羊崽儿啊，老爹。”另一个说。

羊羔在抱她的人手里像虫子一样扭动着。羊倌们都惊奇地看着她：“她真的是羊崽儿吗？”

他们把小羊羔抱在手里，仔细地打量她。老汉有点儿不好意思。要不是羊倌们发现老鹰往篮子扑来，估计老鹰早就把这小崽儿抓走吃掉了。

“瞧瞧这小崽儿。她命里注定有这场劫难。”老汉心想。随即他跟羊倌们说：“这是天意啊，你们几位正巧来帮了我。除了损失掉这小崽儿，兴许我还会连人带篮子跌个跟头，把腿给摔折了。那时候，我该如何是好啊？家里有个老太婆，她每天给我做饭，是指着我能干点儿活，挣点儿家用。要是我摔折了腿躺在床上，她还会伺候我吗？”

一个穿着遮羞布的羊倌用手抓着羊羔，说："她肚子里是空的啊，老爹。瞧瞧她，饿坏了，眼睛都睁不开。"他喊着"咕咕，咕咕——"，他的羊群向他跑来。他选了一只母羊，把羊羔放在她的乳房下。羊羔很虚弱，够不到乳房，于是羊倌就把母羊的乳头塞进羊羔的嘴里。这大概是羊羔头一回含住乳头。她挣扎了一下，用力含住了乳头，吮吸着。当她的舌头碰到最初几滴乳汁时，她感受到了新的味道，开始急切地吮吸起来。

"这小崽儿挺机灵的。"张罗着喂她的那个人说。吮吸了几口乳汁，羊羔的肚里滋润了，下巴又疼起来，便松开了乳头。"唉，再喝点儿吧。这样保准你一晚上都不觉得饿呀。"年轻人说着，让她又吃了一些奶。然后他把她抱起来，递给老汉。"她长得像只虫子，可就凭这劲头，她已经像是头大羊了。"

羊倌们赶着羊群出发了。老汉把羊羔好好地放在篮子里，用草盖住，沿着小路走起来。"不知道这小家伙还得遭多少殃。能全挨过去吗，还是躲不过呢？谁知道她的命会怎样呢？”他默默想道。

老太婆不喜欢羊羔的样子和声音。她冲老伴儿吼：“你从啥地方捡的这小猫啊？要她有啥用？”老汉告诉她，这是一只羊羔。老太婆把她抱起来，惊呼道：“呀，真是只羊崽儿。”

一晚上，他们聊着这只羊羔到他们手上的过程。他们已经有了两只山羊。其中一只在一个月前刚生了一窝羊羔，有三只：两公一母。三只都在前院里撒欢儿。另外一只羊已经怀孕，估计还有一个月就生了。就在十天前，他们刚把她之前生的一窝小羊卖给了肉铺。他们还有一头小水牛，母的。再吃一年的草，她就可以交配了，到时候也可以卖掉。

老两口花了工夫在茅屋旁的三亩地里种了些庄稼，给山羊放牧，照顾小水牛。老汉的任务是把山羊带到地里吃草、给牛羊们取草料。他拿这个当借口，喜欢在田间村头游荡，随意跟人唠嗑儿，找找乐子。他老伴儿很少出去。他们家需要的东西不多，她每个月去一趟集市买点儿吃食。

他们每年还会离家半个月，去一趟女儿家，在她们村的庙里参加一年一度的拜神庆典。他们就这一个女儿。除了像这些年一样安静地度过余生之外，夫妻俩也没有其他念想了。

当天晚上，老太婆给长得像小猫的羊羔取了个小名：波纳奇。从前她有只猫就叫这名字，为了纪念她那只爱猫，小羊羔就也叫波纳奇了。他们没花一文钱就得到了她，现在得想法子照料她了。她的老伴儿支支吾吾地跟她说，他遇到一个长得像凶神巴卡素兰一样的怪人，从他手里收了羊羔这么个礼物。老太婆怀疑他是从哪个羊倌手里偷来的。没准儿明天就有人来找她了。说不定，她老伴儿编故事不过是为了隐瞒自己的罪过。

老太婆晚上没有点灯的习惯。老两口在傍晚就会吃好饭，然后上床睡觉。不过，那一晚，她拿了一盏大瓦灯，装上去年榨的蓖麻油。没有棉花做灯芯，她就找了一块老伴儿丢掉的遮羞布，扯了布条，做成了灯芯。

在屋里，她借着灯光看小羊羔，就像是跟自己的孩子久别重逢一样。她身上没有一处秃斑和伤痕，全身都是黑色的。羊羔盯着油灯看，两个瞪大的眼珠子非常清晰。她的脸上有一丝疲惫。老太婆觉得羊羔看着挺憔悴的，因为她没有好好吃过奶。她准是才几天大吧。老太婆心里下了决心，非想法子把这小崽儿养大不可。

老太婆叫老汉过来看羊羔。在漆黑的夜晚，她在灯光下像是一团乌黑锃亮的肉球。

他欢喜地拉着羊羔扇动的耳朵说："你到这里来过活，是不是很有福气呀？"

两口子之间已经很久没有这样愉快地闲聊了。由于小羊羔突然闯进了他们的生活，最后他们还聊了一会儿过去的日子。

第三章

路上的羊倌让羊羔喝过母羊的乳汁后，她的肚子是饱的。午夜时分，老太婆开始犯困了。她把一只麻布袋叠成小方块，铺在地上当垫子，把羊羔放在上面，用一个篮子倒扣着罩住她。篮子里的黑暗让小羊羔不知所措，她叫了一声，但没出来。篮子上涂满了牲畜的粪便，一个小小的口子都找不到。篮子平扣在麻布袋上。老太婆担心羊羔呼吸不到空气，就拿了一根柴棒插在一边，把篮子的下边抬起来。这样就有透气的地方了。

小羊羔就睡在老太婆小床的下面。老太婆不时起身，掀开篮子看看羊羔。小家伙蜷缩在麻布袋做的垫子上，睡得很熟。

午夜过后几个钟头，老太婆打开篮子看时，小羊羔用力站起身，叫了起来。她的身体一缩，尿了出来。

“波纳奇啊，你把床都尿湿了，还怎么睡觉啊？”老太婆问着，赶忙把小羊羔拉出来。但小羊羔一出来，就绕着老太婆的腿转，可怜巴巴地哭叫着。她去吮吸老太婆的脚指头，还想吃到奶。

“你肚子饿得慌吗，波纳奇？”老太婆问着，抱起小羊羔。

她去了夜里拴羊的棚子。最近刚生过一窝羊羔的母羊正卧在地上反刍食物。见老太婆一来，母羊来了精神，以为有东西吃了，急切地站起来，去拽老太婆腰上的衣服。

母羊的三个孩子好像就在等待这一刻似的，立马跑过来，钻到她的乳房下。两只小羊羔各自叼住一个乳头，还有一只拼命用鼻子把其他羊羔推开，咬住了一个乳头。他们使劲儿吮吸着乳汁，身体颤抖着。老太婆手里抱着波纳奇，不知如何是好。她想叫醒老汉。但他刚刚睡死过去。不然，小羊羔这么吵闹，他早就该起来骂他们了。

她用力把坐在母羊旁边、吮吸最近一个乳头的小羊羔推开，然后把波纳奇的嘴巴凑过去。波纳奇的鼻子准是闻到了乳汁的香味，她立刻想要咬住乳头。因为被母羊自己的孩子吮吸过，乳头已经肿胀，这对波纳奇的嘴巴来说太大了，于是她就用嘴唇抿住乳头的一角，用力吮吸起来。乳汁的味道比之前喝过的还要好，波纳奇贪婪地吮吸着。

她没力气顶住乳房。老太婆也就没有放手。要是波纳奇站在地上，就够不到乳房了。正当波纳奇的肚子里刚有了点儿乳汁时，母羊感觉到一只小羊羔柔软的嘴正在顶住自己的乳头。她踢了踢腿，挪开一点儿位置。即使这样，她的孩子还是用头顶着她的乳房，接着喝奶。

“呵，这么快就被你发现啦？”老太婆说着，拍拍母羊的头。接着，她一只手抓住母羊的一条后腿，一只手抓着波纳奇，让她喝母羊的奶。母羊熟悉自己孩子的喝奶习惯，她又是跳，又是乱动，拼命地避开这个外来户不让她吮吸自己的乳房。偶尔老汉身上太热了，他会要点儿羊奶喝。他老伴儿会在一大早把小羊羔拴好，从母羊乳房上挤一杯奶，再放他们出去吃草。老汉会接住那杯鲜奶，然后灌进嘴里。有些时候，他会让老太婆把羊奶煮一下。老太婆会在煮过的羊奶里放点儿棕榈糖，然后再给他。老太婆不喜欢羊奶还有用羊奶做的零嘴，她很少喝，喝得也很勉强。

对母羊来说，给不是亲生的羊羔喂奶是件新鲜事。她努力保护着自己的乳房。在不断的拉锯战中，波纳奇喝了个半饱。老太婆摸了摸她的小肚皮，说："行了，这会儿喝得差不多了。去睡吧，早上咱们再来解决这事。"然后就把她放回了篮子下面。

而现在，波纳奇尝到了乳汁的滋味，就忍不住想喝奶。她不想躺在篮子里面，因此反复地顶着篮子，用力吮吸，直到筋疲力尽，才躺下睡觉。接下来的几天一直发生这种情况。

有时候，老汉会过来帮他的老伴儿。他们一个人紧紧抓住母羊的脖子，另一个把她的腿抓在一起，好让波纳奇喝奶。母羊根本不愿意给这只小羊羔喂奶，她会使劲儿挣脱，跑开。但老太婆不想放弃。只要把母羊弄醒来给波纳奇喂奶，母羊的三个孩子就会跑过来。把他们推开很难，当他们三个都在顶母羊的乳房时，把波纳奇从当中塞进去也很费劲。她也没法儿把他们都放进一个篮子里。要是她想在其他小羊羔去草地上吃草时，让波纳奇吃奶，母羊会扯开嗓门儿呼唤自己的孩子。不管在哪里，只要听到妈妈的呼唤，小羊羔们都会欢蹦乱跳地跑过来。

不管怎样，在大多数日子里，波纳奇喝的奶能填饱一半的肚子，起码有四分之一吧。按这种速度，她怎么能恢复元气、健康成长呢？但只要坚持一个月，她就能吃草和叶子了。

老太婆一直在担心这事。至于老汉，他会告诉老伴儿：“她可是来自一窝能生七只崽儿的血脉。有个家伙像是神仙显灵似的把她送给了我。可别把她当孤儿看哪。”

每当老太婆没办法让母羊给波纳奇喂奶时，她就会把脾气撒在老汉身上："老家伙把这猫崽儿带回家，就是为了要我的老命啊。"

但是……连让波纳奇活命的那一点点乳汁也难得到了。母羊学了一招，她能让自己的乳房随时干涸。要是他们在她孩子不在时让波纳奇喝奶，她的乳头就不出奶了。要是老太婆在其他羊羔吃奶时，把波纳奇塞进去，乳头直接就不再产一滴奶了。母羊会收紧身子，缩回乳头。在给自己的孩子喂奶时，她会抬起头，闭上眼睛，流着口水，静静地站着，快活地反刍。老太婆看着母羊张开腿，用柔软的乳房喂自己的孩子吃奶。小羊羔们摇着还没有老太婆小拇指长的尾巴，不停地喝奶。而只有等乳汁清空后，母羊才会跟孩子分开，然后走开去。

"姑娘啊，哪个不许你给自己的孩子喂奶啦？行行好吧，谁还能拦着你啊？这波纳奇也是一条小命哪。小可怜在挨饿，你看不到吗？让她吃你点儿奶活命，你能损失什么？你的孩子在草地上吃草了吧？这波纳奇又不是要抢你的钱。你还有一点点同情心吗？"老太婆这样哀叹。

这时，母羊会瞪着她，好像完全听不懂似的。

“你能随时让奶子变干，可你听不懂我的话？你就装吧。”老太婆说。

不管怎样哄骗，老太婆想让狡猾的母羊卡丽给波纳奇喂奶的努力都是徒劳的。波纳奇得不到一点点必需的营养。老太婆担心，照这样下去，她会饿瘪肚子，而后悲惨地死去。她并不相信波纳奇的品种每次都能生七只崽儿，不过，仿佛神仙降恩似的，有人把波纳奇送给了他们，他相信他们能照料好她。要是那次路上相遇后过了几个月，他突然想到了波纳奇，然后过来找她，他们要怎么跟他说呢？他们有脸说她已经饿死了吗？要是连这么个小生命的肚皮都没法儿喂饱，活着还有啥意思？

虽说老太婆那个星期不用去集市，但她还是去了。她的主要任务是买根喂食管，用来给羊羔灌点儿营养汤水。她淘到了一个奶瓶、两根管子。一根坏了，就换另一根用。她从集市上一回来，就拿了一口锅，里面是煮熟的小米，隔夜浸泡过了。她把泡米水滗出来，倒进奶瓶，把喂食管固定在瓶口，把波纳奇放在腿上，然后把管子塞进她嘴里。一开始，波纳奇有点儿纳闷儿，而一等到乳汁似的汁水流进嘴里时，她就咬住管子吮吸起来。那不是乳汁，只是没味道的米汤。她咽了几口，就松开了管子。

老太婆不肯放开波纳奇。她一点儿一点儿地喂她，看到她肚子鼓鼓的，喝饱了，这才满意。

这下，波纳奇发觉，挺着鼓鼓的肚皮走路很难。她在同一个地方站了会儿，然后躺了下来。从那以后，她一天吃三四次米汤或者面汤，偶尔还能从母羊那儿喝到几口乳汁。对波纳奇来说，乳汁是奢侈的享受。因为她喝着米汤成长，肚子总是胀胀的。她身上的毛变得粗糙了。但不管怎样，她必须挨过这个阶段，只能这样了。她会恢复元气的，只不过可能要花几个月。只要她长到可以自己吃东西的时候，慢慢就能恢复了。现在她需要的是一些保命的汤水，米汤就足够了。波纳奇试着向前院、羊棚迈出虚弱的步子，但卡丽的孩子就是不待见她。他们喝足了母乳，屁股结结实实、圆滚滚的，自然是神气活现。

他们一直都活蹦乱跳的。他们最爱做的事情是爬上前院里那个高高的石臼上，然后再跳下来。他们也喜欢用没长角的脑袋互相顶着玩。老太婆时不时会责骂他们，让他们安分点儿，但他们还是继续无拘无束地嬉戏。当波纳奇像个没有生命的玩偶一样经过时，他们会跑过来把她浑身闻个遍。他们会用光秃秃的脑袋去拱她，把她拱翻。波纳奇会用弱弱的声音叫唤。但她越叫，他们就越起劲儿。他们会抬起一条前腿踩在她背上。

他们想出很多花样来折磨波纳奇。哪怕波纳奇怕得直发抖，把身子缩起来，小羊们还是会跑向她，从她身上跳过去，落在另一头，这是他们的花样之一。当他们三个接连从她身上跳过去时，她的耳朵里呼呼作响。波纳奇怕得发抖，蜷缩着，嘴里发出尖声的哭喊。

有时，当波纳奇躺在前院里或是老太婆床下的麻布袋上时，小羊们会假装亲近她，挨着她躺下来，把头靠在她身上。这时波纳奇会透不过气，会使劲儿想站起来走开。但她怎么有力气把这些大脑袋给抬起来挪开呢？她只盼着他们能发现她的难处，自己站起来。每当看到他们时，她就吓得要命，躲到老太婆的两腿当中避难。老太婆会把小羊们赶走，护着她。

大山羊的表现比小羊要好很多。如果波纳奇走近卡丽，她会低下头闻闻她，然后轻轻推波纳奇一下。卡丽长了又长又弯的角——它们也未必有太大用处。她只会用脑袋没角的地方顶一顶，就像是在说“走开！”

另一只母羊会用保护的眼神看着波纳奇。当她用脸去蹭波纳奇时，波纳奇感觉就像是亲妈在爱抚自己一样。哪怕波纳奇躺在她身边，她也不会赶走这小崽儿。只有当波纳奇在去够她的乳房时，她才会生气。她会抬一抬后腿，再走开；她还会轻声哼哼着，警告波纳奇：“别跟我来这一套。”

波纳奇一天喝三四次米汤或面汤，偶尔喝点儿奶，就这么活了下来。晚上，她被罩在篮子里。白天，她在屋子里、前院、羊棚里四处躺着。当老太婆把羊群带出去放牧时，会抱着波纳奇。在地里，波纳奇钻在老太婆的腿间走路。

波纳奇就这样一天天长大了。

从她来之后，十五天过去了。

一天，亲戚家的又一个老太婆过来串门。她在老两口家的屋里过了一夜。两个老太婆坐着聊过去的事情，一直聊到很晚。老汉把床搬到靠羊棚的地方。两个老太婆把床搬到前院，在床上躺平。残月之夜，夜里漆黑一片。她们聊个没完，说起了许多过去的事情，说着说着就睡着了，嘴巴还张着。那一晚，老太婆完全忘记了波纳奇。

她没把羊羔放进篮子里。波纳奇叫了几次，可老太婆没听见。波纳奇不知道在哪儿睡觉，她琢磨着是不是要去羊棚里，睡在母羊边上。要是母羊在黑暗中翻身的话，波纳奇就会被困在她身体下，被压死。有几次差点儿发生这种情况。她还害怕从前院走进黑夜里。于是她躺在了老太婆床下的一堆粪土上。那天晚上的米汤特别酸，波纳奇还挺喜欢这味道。新鲜的米汤就跟白开水一样没味道。今晚，她比往常喝得只多不少。她的肚子跟个拳头一样紧。

像是在梦里一样，她感到有东西掐住了她的喉咙。她不由得发出响亮的叫声，以前没叫这么响过。老太婆从床上爬起来，大喊“嚯依，嚯依！”。她拿起放在床边的棍子，循着声音跑去。月亮刚刚升上了天空。在昏暗的光线中，她看见一个奇怪的畜生叼着波纳奇跑开了。波纳奇叫了那一声后，喉咙就被堵住了。她感觉自己的脖子被两排尖利的牙齿咬住，什么都看不见。

老太婆抬起胳膊，扔出手中的棍子。棍子砸在了那畜生的背上，然后弹开，掉下去了。被意外打击后，那畜生晃了一下，松开了波纳奇，她掉在地上，滚了两三下。那畜生没能马上找到她。这时，老太婆已经逼近了，大喊“嚯依，嚯依！”，那畜生只好逃命去了。嘴里不叼着猎物，它跑得飞快。

老太婆听不到声音，停住脚步。波纳奇站不起来，用虚弱的声音叫着。虽说这叫声跟拔一根草的声音差不多，但老太婆还是听见了。她走到那里，在黑暗中摸索着波纳奇。这时，弦月又升高了一点儿，有了点儿亮光。老太婆把波纳奇从地上捞起来，带回了茅屋。

老汉和客人也醒了，问她：“出啥事了？出啥事了？”

老太婆把波纳奇往老汉手里一塞，跑进屋里。波纳奇到家那晚，点过的油灯里还有灯芯，当她端着灯出来时，老汉把波纳奇放在腿上，慈爱地抚摸着她。在灯光下，他们看到波纳奇的脖子两边都嵌进了牙印。一边的牙印比较浅，而另一边的牙印特别深，血从伤口里涌出来。

老太婆在刷洗锅碗的地方种了一丛雏菊，这是一种药草。她跑到那里摘了几片叶子，碾碎，把汁水涂在伤口上。

波纳奇因为惊吓和疼痛，已经变得麻木了，叶子的汁水产生的灼烧感，让她清醒了些。她忍不住痛，大声尖叫起来。

客人问老汉：“这小崽儿能熬过去吗？”

“我每天晚上把她放到篮子里才睡觉。今天咱们聊得开心，我犯了糊涂，睡过去了。人家都说酒让人犯迷糊，可那都不算是迷糊啊。真正的迷糊是闲聊造成的。超过一定限度，咱们就啥都不记得了。”

“你还是跑去把她抢回来了呀。不过，你看清楚是谁或是啥玩意儿抓的她吗？”她老伴儿挺好奇。

第四章

对于想抓她的野兽，波纳奇自己完全没有头绪。她的脖子被咬住，身子悬空感觉像是在做梦一样。那不可能是狗，狗是没办法在夜里溜进来抓走东西的。说不定是豺，但豺不太可能抓这么小的羊羔。另外还有三只小羊躺在羊棚里呢，他们比波纳奇个头儿更大，肉更多，豺会找他们下手。家猫只会捉耗子那么大的猎物。准是野猫。有些村民见过野猫在田边游荡。他们找不到猎物，有些可能会溜到农家去。只要抓到了羊，尝到了羊肉的滋味，就没人控制得住他们了。

老两口养过狗。他们养的最后一条狗特别聪明，眼神犀利，绝不让一只苍蝇、一只蚂蚁进家门。可这条狗的食量跟大人一样。养两个月就很费劲了，三个月怎么养得起？当雨水一年比一年少，收成也跟着下降后，多养一个月只能是负担。可波纳奇竟然逃过了一劫。那天老鹰想捉她，现在野猫又来了。

“这波纳奇啥磨难都逃得过去呢。”老太婆骄傲地说。她抚摸着羊羔的脖子和脊背，把她放在床上贴着自己。

第二天，村里的人从一大早就开始向茅屋拥来。村里有很多牛羊，大家都靠着牛羊维持生计。当大家听说有个神秘的野兽溜进门抓羊羔时，都很慌。大家排队诉说着自己的担心。十年前，整个村子的人在他们家的茅屋里参加他们女儿的婚礼。这之后，大家就觉得没必要也没时间去看他们了。现在，一只羊羔就引来了众人的关心。

大多数人看看波纳奇，就哈哈大笑起来：“大妈，你从哪儿找来的这小崽儿啊？”

“她长得大吗？”

“她老是在地上爬，像只小老鼠。”

“别告诉我那野猫特地跑来，就为了这小东西。”他们惊讶地问着。

大伙关心的东西都一样：要是能肯定那是只豺或是野猫，他们就能保护自家的羊不受袭击了。大家看了波纳奇脖子上的伤口，提出了各自的想法。最后，他们一致认为那准是只野猫。有几个人打算张网抓住它。有些老人想起把野猫肉放在棕榈果壳那种圆球里转着烤的香味，说得津津有味，甚至咂巴起嘴来了。老人说其他肉没这么好吃，这就把大家的胃口都吊起来了。毫无疑问，搁在阁楼里的网子都会被拿下来，很快村子里就会有一场混乱的行动了。

“你用母羊给这小崽儿喂奶吗？”

“我上哪儿找奶啊，大妈？我想着法儿地让她在母羊那儿喝几口奶。可只要波纳奇靠近，母羊就尥蹶子逃开。这不，我每天给她喂三次咱们喝的米汤呢，只不过是用奶瓶喂。”

“大妈啊……您去集市的时候买两斤椰子渣饼，用水泡一下，给这小崽儿喝，这样她能长得壮些，自己站起来。”养羊人说。

老太婆虽然养羊养了很久，但养一只没妈的崽儿还没经验。我咋就没想到椰子渣饼呢，老太婆心想。她打算下周就去集市上买些渣饼。花费不算多。要是买上三斤存起来，能吃好几个月。只要泡一块像槟榔果那么大的饼，就够波纳奇吃一顿了。一天里有几次还是像往常一样给羊羔喂米汤。

一个女人把波纳奇放在腿上，抚摸她，然后掀开她的耳朵，好奇地看看。波纳奇耳朵能竖到有中指那么高，然后耷拉下来，她觉得很新奇。虽然这崽儿个头儿很小，可她的耳朵真是长。

“能找到一只像这样全黑的小崽儿真稀罕啊，大妈。白色的、棕色的山羊到处都是，难得看到黑山羊呢。你真是得到了个稀罕物呢。你们怎么还没给她扎耳朵呢？”

这时，老汉和老太婆才想起来，他们得给羊羔扎耳朵。他们慌了。在集市上，一般要看清楚羊羔是被扎过耳朵的，他们才会买下来。可波纳奇是路上的弃儿，所以他们把这要求给忘记了。就在一个半月前，他们把母羊的三只崽儿的耳朵都扎好了，这事办得挺费劲。要是现在把波纳奇带到衙门机关去，那些官老爷会怎么说呢？

老汉和老太婆想这个问题想到很晚。他们怎么能给波纳奇扎耳朵呢？这是朝廷规定的程序。朝廷亲自安排给民众和家畜宠物扎耳朵。在官府管辖的任何地方，只要有新生命出生，必须马上报告衙门机关。所有孩子、家畜都要扎耳朵。官府登记好姓名、年龄、地址等情况后，会安排扎耳朵。且出生一个月内必须完成。

死亡、买卖等事宜也必须登记，但那不是问题，是正常的例行公事。而扎耳朵可不像那样。那里会挤满人，衙门要进行盘问，所有信息必须准确。要有不对的地方，事情被驳回，情况就复杂了。要改正的话，只能四处奔走，去求各种各样的官老爷。就连在集市上，只有扎过耳朵的崽儿才能买卖。老两口得到凶神大人的礼物，光顾着高兴，把给波纳奇扎耳朵的事情全忘了。

第五章

给波纳奇扎耳朵，最难弄的是它带来的一连串问题。“她的出生地在哪儿？母亲叫什么？是谁养了她的母亲？买她花了多少钱？”作为波纳奇的主人，老两口必须回答这类问题。要是他们回答说，这只新生羊羔是当礼物收下的，而且是一个长得像凶神巴卡素兰的人送的，官府就会把这事当成造假事件记录在案。

“把那位凶神带来吧。”他们会说，“他自己扎过耳朵了吗？说不定此人是国外间谍，你们跟他是同谋吗？”

这样，指控就会像箭一样射在老两口身上。“要是他有一只羊羔没扎耳朵，他就可能是跟朝廷作对的人。”官府会这么说。

如果他们问：“你们怎么跟他联系的？你们还收了他什么东西？”老两口就没法儿回答了。朝廷是有权力随时把子民当成乱臣贼子、逆党敌手的。

考虑再三，他们打算再等十到十五天。在这段时间里，家里那只怀孕的母羊应该生产了。她第一胎只生了一个崽儿，接下来几胎都生了两个。把波纳奇跟两只新生羊羔混在一起挺方便的，就说一窝生了三只。她身体瘦小，是可以蒙混过关的。

不过，她的毛色是黑的，这是个问题。本国的山羊大都是白色的，少数是棕色的，但黑山羊很罕见。传说，很久以前，本国盛产黑山羊。据说，由于他们被卷入犯罪活动时在黑暗中无法辨识，朝廷故意把他们给清除了。但即使这样，还是会零星发现一些黑山羊。他们的颜色会立刻挑起敌意。只要看到波纳奇，那些官老爷准会马上警觉起来。

从那天开始，连维持波纳奇生命的那点儿稀米汤都要减量了。老太婆特意不让她长胖。怀孕的母羊生下一窝后，再过四五天，他们会把羊羔们带到衙门去。到那时，波纳奇跟其他两只新生羊羔应该没有明显的分别。老太婆暂时不想给波纳奇喂渣饼汤了。连波纳奇晚上经常睡觉的地方都改了，她被关到了羊棚里。为了加些保护，老太婆在她的篮子上还放了根木棍子。

在波纳奇差点儿被野猫抓走的那次遭遇之后的几晚，老汉和老太婆整夜整夜都没合眼。他们估计野猫还会来。一个人打个盹儿的话，另一个就醒着。幸运的是，老年人的睡眠几小时就够了。

波纳奇变得害怕黑暗了。即使被关在棚里，她也要听到老太婆的声音才安心。她老是会梦见自己被一个奇怪的身影叼在嘴里，常常突然就大声哭起来。

老太婆对家族的神灵梅萨噶兰做了祷告。“要是波纳奇能长大，而且生下一窝小崽儿，那第一只小公羊就献给您了，梅萨爷。”她发誓说。

野猫抓波纳奇不遂之后的第十一天，母羊生下了一窝：两只羊羔，跟他们猜想的一样。两只都是公的。公羊羔出生时总是挺结实的，母的会有点儿弱。如果他们说波纳奇是在这两只羊羔后出生的，那么衙门兴许会相信。老两口对这情况挺满意的。

两只羊羔从出生那天起，就开始活蹦乱跳地玩耍了。他们决定第三天就把三只小崽儿带去官府扎耳朵。老汉平常挺乐意出门，但这次他跟老伴儿说：“我办不了，你去吧。”

她没有强迫他。女人家独自一人怎么带母羊和三只羊羔呢？她到了那里怎么应付得了呢？可还有谁陪她呢？她没办法，只好受这个苦，于是她独自出发，离开了村子。

离开前，她让母羊给两只羊羔喂了奶。他们是娇嫩的新生羊羔，喝完奶就睡了。她把波纳奇跟他们一起放进篮子里。她把饭盒也放在篮子里，盖了一块布，防止被羊羔碰翻。

天还黑着，她就出发了。母羊是习惯了老太婆的，所以没有问题：带她去哪儿，她都跟着走。她不时会呼唤自己的孩子。要是篮子里的羊羔叫着回应她，这就足够安抚母羊了。

她安静地走着。破晓时分，老太婆给她喂了一把花生叶，自己也填饱了肚子。老太婆头顶着篮子，牵着母羊，穿过田地，到了马路上，继续赶路。

扎耳朵的办公地点离他们家有四五公里的距离。等到了那里，她发现前面有一大群人在等。她不知道具体有多少人，但还是站在了队伍里。她要保持警惕，防止乱排队的人。每当有人接近她前面的人时，她就会怀疑那人是在插队。她对这些人都怀疑。官老爷们估计在十点时才会到。她要是到得再晚点儿，就会被甩到队伍更后面去了。即使这样，她也觉得自己这事一天未必办得成。要是能拿到牌子，她就有信心在傍晚办完事情，然后在第二天早上慢悠悠地回村子。

有些排在她前面的人带了绵羊。因为绵羊一胎只生一只，他们的事情办得很快。老太婆估摸了一下情况。排在她前面的有十几只山羊和很多绵羊。碰巧大多数人都是熟脸。她在队伍里坐下来，跟他们闲聊。等日头升高了一些，她把一些软米饭捣成烂糊，喝了下去。因为至少还得再吃两次，她只要确保垫饥就可以了，而且剩得要够多。她把羊羔从篮子里抱出来，然后放下他们。他们吃了母羊的奶。靠旁边一个姑娘的帮忙，她还让波纳奇也吃到了一点儿奶。

姑娘问："她不是母羊的孩子吗？"

"是啊，可她妈妈好像不愿意看她。"

有些母羊可能会不理自己的孩子，还把他们推开。老太婆利用了这个事实。

随着时间的推移，队伍越来越长了。办公的院落里总是一片嘈杂，羊在哀叫，等的人在没完没了地聊天。当有些人插到队伍当中，宣称自己留过位置时，便会发生吵闹。出来几个衙门里的人警告了吵嚷的人，把他们领到队伍末尾。他们还把几个排在后面的人安排到了前面。没人能质疑他们的所作所为。他们只会说："长官让我们带他们进去。"而且，只要有人敢问，这些人就会找碴儿治他们，等轮到他们时，故意磨洋工，把他们耍得团团转。很明显，等着办事的人只有对官差们忍气吞声、毕恭毕敬，才能把事情顺利办成。

在当权者希望老百姓谨守本分这件事上，大家都心知肚明。在官府面前，嘴巴只能闭紧，双手只能行礼，膝盖只能下跪，后背只能鞠躬，身体只能缩紧。不过，他们一边要控制住自己的羊，一边还要做这些事，这还是挺难的。他们要守住自己在队伍里的位置，还得护住自己的羊和财物。

日头越升越高，大家都用布遮住头。衙门周围有形形色色的人。波纳奇越来越害怕了，躲在了老太婆的腿上。

"躺下来吧，不要用脑袋顶我。别怕，宝贝儿。就跟扎到刺是一回事儿。"老太婆抚摸着波纳奇的身体，让她平静下来。

“他们为啥要给这些羊扎耳朵呀，大妈？”老太婆后面的一个姑娘悄悄问。

“就是给每只羊做个记号。”老太婆按自己的经验回答说，“他们会在羊的耳朵上扎个眼儿，挂个圆环，环里刻着一个编号。凭这个编号，他们就知道这只山羊的所有情况了。山羊长着角呢，对吧？要是他们犯点儿倔，把角冲着当官的怎么办？这种山羊的身份必须得查明吧？所以他们的耳朵都得扎个眼儿。”

“不是这样的，大妈。官府需要统计本省有多少只羊——多少山羊、多少绵羊——多少产奶、多少怀孕之类的。是这个目的。”队伍后面的一个汉子说。

“对。要是有羊走失了，咱们就能找到他们。即使山羊被偷了，也能找回来。要是有山羊犯了倔，躲到啥地儿去了，咱们也会知道下落。在太阳光下看，他身上会发光。我们这样的人看不到，但朝廷看得很清楚。”又一个人说。

“可山羊挺温顺的呀，他们能犯什么罪呢？”姑娘问。

“养羊、伺候羊可没这么容易，姑娘。他们挺鬼的。

咱们一松懈，他们就会跑进田里，破坏庄稼。他们吃草的时候，必须要用绳子拴紧，把后腿绑在一起，绳子套在脖子上。不看紧点儿，他们就会狂起来，想干啥就干啥。‘我们原本是从森林来的，我们要回去。’他们会这么说，然后就逃走了。”

“确实是的。俗话说‘山羊合伙，情况不妥’不是没道理的。”

“你就瞎掰吧，山羊啥时候合起伙来过……啥时候用角顶过我们？他们只会用角给自己挠痒吧？”后面的人说。

“就算是这样，咱们也得小心吧？”另一个人反驳。

大家都觉得对，会心地笑了笑。

“说得都不错，可凭啥让咱们在这毒日头底下站着排队呢？”有个人插嘴。

“咱们不习惯排队，所以他们在训练咱们。”

“干吗要训练我们排队？”

“现在的情况不会长久吧？就算咱们非得出去找食吃时，也不该你争我夺、互相残杀，懂吧？要是现在习惯了排队，将来就不觉得难了，对吧？”

“未必啊，兄弟。有不少人到乡下去，说是给活干，把干农活的人都带走了。但他们把这些卖苦力的人榨干后，就像垃圾似的给扔掉。这之后，咱们可咋办？连根火柴都不容易买啊。咱们必须得排队。所以得训练咱们。”

“哟，你可真厉害！接着说，咱们每年得到的雨水都在减少，要是一直这样，准会闹饥荒。跟着朝廷就会亲自开施粥站，让大家都有吃的。那样的话，咱老百姓不该互相争抢，闹出人命，对吧？所以现在咱们才要训练自己排队。”

“一定要习惯排队。”

“必须养成排队的习惯。”

“训练自己排队很重要。”

“干啥都得排队。”

“必须习惯站着排队。”

“必须习惯排队等。”

“排队能让咱耐心点儿。”

“排队让咱学会忍耐。”

“必须习惯排队。”

“必须养成排队的习惯。”

“不管咋说，家里只有一两只羊的人才会受这罪。咱们带着大羊小羊，在这大热天里排队，一站就是好几个钟头，太苦了。那些有一两百只羊的人怎么说？”

“你没听说吗？朝廷有安排，派了官差上门服务呢。他们给那些人家的羊扎好耳朵眼儿，吃他们一顿饭，再回去。就咱们非得遭罪。”

“我知道。咱们村有个人养了一千只羊。你就想想吧，一千只羊！要是他把院门打开，把羊放出去，那所有田里、果园里到处都是羊了。这都没什么。要是把羊分散开放牧，咱会觉得满世界都是羊哪。看起来就是这样的。这上门去扎耳朵的官差咋数羊呢？羊主人随便说个数字他都认吧。要是给他塞几个钱，他就闭着眼睛，把指给他的那些羊羔扎了耳朵，对羊主人客客气气的，然后就回去了。”

“就是这样的，大妈。有钱人啥时候受过苦呢？只有穷人才会来这儿傻兮兮地排队遭罪。”

“小点儿声，先生。朝廷到处都有耳目。”

“老话说‘朝廷是聋子’。”

“只有咱们诉苦的时候，它才会装聋。要是咱们对朝廷说三道四，它的耳朵尖得很呢。”

他们聊了很久。

第六章

等那些当官的总算到了，扎耳朵要开始时，有人嚷嚷起来，说队伍后面有个人昏倒了。一位官员赶紧跑过去。

“不中用的狗东西。以前他们一大早来什么都不吃，站着排队，就晕倒了，耽误我们办事。老是发生这种事。把他带到阴凉的地方，给他喝点儿水。从现在开始，要是有人晕倒，就告诉他们，今天别想给他们的羊扎耳朵了，下星期再来吧。”这位官员指示随从。

他们把那个人抬走了。有传言说，上周有个老头儿也这样晕倒，最后死了。

排队的人从篮子里拿出水、稀粥或者吃食，倒进喉咙里，解解饿。为了挡住阳光，他们把头遮起来，男人用毛巾，女人用纱丽的衣摆。连晕倒一会儿都会毁了办事的机会，只能下周再跑一趟。

警察不时出现，用棍子维持队伍秩序。“站好排队，站好排队”，这是他们不变的唠叨。

养绵羊的人对办事流程有意见。每只绵羊只有一只羊羔，可山羊下的羊羔动不动就有五只。在一只山羊生的五只小崽儿都扎好耳朵之前，后面只带一只崽儿的绵羊主人只好干等。“每个人一次只能给一只崽儿扎耳朵，要是还给其他崽儿办，那就得再排队。”他们坚决要求。山羊的主人们强烈反对。“想得美，让你的绵羊一窝也生三四只啊。”他们反唇相讥。要是山羊的主人必须为每只崽儿重新排队，他们估计要站整整一个月了。争吵演变成了大打出手。警察立刻赶到，努力调解。不乖乖听话的人吃了几记打。

一位官员出来，站在人群前面，大声宣布："大家务必配合官府的工作。排队的是人，随便带几只羊羔都可以。没有限制数目的规定。要是大家都不守规矩，我们的工作就没办法顺利进行。"

他还宣布，朝廷在审查一项让山羊主人单独排队的提案，在这项提案通过以前，他们不许吵架。"再有人大声喧哗，我就停止办公。"他警告大家。马上，连小声交谈都消失了，衙门院落里顿时鸦雀无声。

老太婆尽量警觉地看着羊羔们。以前她来过这里几次。只有在排队时，她才能遇到一些人，跟他们唠唠家常，聊聊以往和如今的事情。其他时间里她只能孤苦伶仃地困守在空荡荡的农场。

队伍开始动了。老太婆让羊羔们吃母羊的奶。波纳奇也吃到了两口奶。母羊怀孕时，曾经允许波纳奇睡在她身边。但是等自己生下两只小羊后，她就不肯让波纳奇靠近了。她像另一只母羊一样，会把波纳奇推开。波纳奇理解不了这件事。她把老太婆的手指当成了乳头，会吮吸它们。

老太婆会笑着把手指伸给她，说："我的手指上有蜜糖呢，宝贝。好好吮吮，吃干净。"

总算轮到老太婆时，她紧张起来。官老爷的随从检查了母羊以前扎过的耳朵。他想用放大镜读出里面刻的编号，但一点儿都看不清，全是黑的。

"这羊的编号是多少，大妈？"他问老太婆。

"我不懂啥编号，大人。"她跟他说。

"你给她到处放牧，编号都给磨掉了。你们这些人啊，尽给我们添麻烦。"他发着牢骚。

"大人啊，不管您现在刻的是啥，麻烦您刻得让咱们能看清楚吧。"老太婆说。

"瞧她这张嘴！你是说我们刻得不清楚吗？"

"不是的，大人。您可是官府的人，我咋敢说一个违逆您的字？是您因为看不出数字才麻烦了不是？所以我才这么说。"老太婆低声下气地解释。

"她登记在谁的名下？"随从问了她，并记下来。接着，他拿出一大本登记册，核对了名字，报出一个编号。办事的官员看看登记册，说：“她生上一窝是什么时候？”

“去年生的，大人。”老太婆回答。

“那一窝生了几只？”

“两只。”

“这一次呢？”

“三只，大人。”

“这次怎么会生三只？”

“这由不得咱做主吧？这是梅萨爷做主的。”

“两只公羊是白的，这只是黑的。”

“公的随妈，母的随爸。”

“你在哪个村子让她跟公羊交配的？公羊是哪家养的？也是黑的吗？你有他的编号吗？”他向老太婆扔来一连串问题。

“草场上来的公羊可不少啊，大人。我咋认得出是哪只跟她交配的呢？”老太婆说。

“我又不知道这个。不过，下次来的时候，你务必把生出这崽儿的公羊编号报给我。”长官用严厉的口气说。

他们给两只小公羊扎了耳朵，小公羊们大叫起来。老太婆把波纳奇当作第三只递过去。“这是啥玩意儿？你怎么带了只小猫啊？这是羊羔吗？”长官问。

“这是只母的，大人，这一窝的最后一只。她很弱，我希望能想法子养活她呢。”老太婆恭敬地回答。

“哦吼。”随从说。他抱起波纳奇，用一根又长又粗的针扎了她的左耳垂，然后穿了个圆环。波纳奇的耳朵开始出血，她疼得直叫。

“哎呀，大人，您就不能轻点儿吗？”老太婆的口气有点儿凶。

“哼……你这么说话不合适吧？哦吼，这崽儿不像是那母羊生的，让我看母羊喂她奶。”长官说。

“她是母羊的孩子啊，大人。我瞧她疼得直叫唤，说话急了些，大人。您别介意啊，大人。您行行好吧，大人。”老太婆行了礼，匆匆收拾好所有东西，赶紧走了，再差一点儿就逃不掉了。

波纳奇感觉耳朵上像是坠着块大石头。她想扇耳朵时，就会甩出几滴血。老太婆离开队伍，坐在了树荫下。两只小公羊的耳朵没问题，即使扇耳朵，也不会出血。他们的耳朵眼儿扎得比较准。对波纳奇来说，针扎到了血管上，所以会流血。老太婆从旁边一棵植物上摘了片叶子，按在波纳奇的伤口上。血好像止住了。

“这可怜的孩子，遭这么大的罪。这些人可真是流氓。他们都不管她是刚出生的，使这么大劲儿戳她耳朵。希望他们得麻风病，手指残废，烂掉。”老太婆诅咒道。

第七章

当天晚上，波纳奇发烧了。她的身子烧了起来，嘴唇被热度灼伤了，睫毛黏在了一起，伤口上的血水干了，结成了血痂。老太婆用手掌去碰她的身体，滚烫的。羊羔扎好耳朵后发热是正常的，可她从没见过这样的高烧。

老汉过来，把波纳奇的耳垂拉起来看了看。波纳奇的耳朵像叶子一样垂着，耳尖微微卷曲，让她显得很漂亮。老汉一边轻轻抚摸，一边检查耳垂，他发现扎耳朵眼儿的针略微偏离了正确的位置，把一根神经弄坏了。这就是发高烧的原因了。但凡羊主人搞出一点儿问题，负责扎耳朵的人就会这样显示自己的高明。有些羊羔甚至因为野蛮扎针而死掉，而对其余的羊羔来说，伤口要过很久才能最终愈合。

“咦，倒霉的老东西，你是不是跟那个狗玩意儿吵架了？瞧瞧，他扎到神经上了！你咋上哪儿都不能消停点儿？”老汉骂她。

老太婆赶紧过来看羊羔的耳垂。伤口上一直在滴脓水，羊羔虚弱地瘫倒在地上。

“我啥也没说，我就是让他扎针小心着点儿。”老太婆说。

“像咱们这样的人要活命，只能乖乖闭嘴，就算挨了揍，也只能偷偷哼两声。要是隔墙有耳，咱们连大气都不敢出的。你都活了这么多年，还不明白这道理？”

“你啥都明白，咋不带这小崽儿去啊？你自己害怕不敢去，现在还好意思说我？”

他们吵了好久，互不相让。老太婆一边说话，一边拿了各种叶子，把汁水挤到波纳奇的伤口上。每当波纳奇有火辣辣的感觉时，她就会抬起脑袋大叫。老太婆拿了温水，用瓦灯的尖嘴喂给波纳奇，像是在喂婴儿似的。她觉得波纳奇的时间不多了，可她是不会放弃她的，不是吗？她还相信，因为她跟梅萨爷尊神做过祷告，波纳奇不会死的。

小羊羔确实活了下来。不过伤口并没有很快愈合，总是化脓流血。老太婆一直用各种叶子和草药换着法儿地治。伤口上满是脓液，滴个不停。只要她碰到波纳奇的耳朵，小羊羔就会惨叫起来。老太婆从来没听过这么悲惨的叫声，让她听了会哆嗦。她把脓水挤掉，用温水清洗伤口，用树叶包扎好。这成了她每天的任务。

“要是路上一条狗给他一样东西，他就该收下带回家来吗？他怎么就不能机灵着点儿？现在他把这崽儿丢给我，自己跑去田里睡大觉了。”连在骂老伴儿时，老太婆也在想方设法地照顾波纳奇。

一个月后，脓水才收干了，伤口慢慢结了痂。那一整个月里，波纳奇从没离开过老太婆身边。老太婆做饭、扫地她也跟着。老太婆吃饭时，波纳奇就站在她旁边。

“这不是给你的，我给你吃其他东西。”老太婆慈爱地说。

她遵守诺言，把隔夜浸泡渣饼的汤水滗出来，稍微加热，倒进奶瓶，用插在里面的管子喂给波纳奇。

波纳奇喜欢渣饼汤的味道。她把老太婆的手当成了母羊的乳房，在喝汤时会顶着她的手。“你不用顶，它也会流下来啊，孩子，都喝掉吧。”老太婆会说。

第八章

对老太婆来说，抚养波纳奇就像是年纪大了再照顾一个宝宝。女儿出嫁后，家里的空虚被小羊羔填满了。这些日子，她很少跟老汉吵架。她贴心地给他做饭吃，老汉在吃饭时也会说两句好话。夜里，波纳奇挨着老太婆睡在床上。她懂得在需要拉屎撒尿时跳下床去茅屋外面。“这小羔子可真懂事！”老太婆每次都赞叹。

当每天出去吃草的羊傍晚回家时，波纳奇会去找他们。现在卡丽的孩子已经长得挺大了。他们夜里会被拴着绳子，很少注意到波纳奇。即使她靠近，他们也会用鼻子问候她，把她赶走。不过，塞米的两个孩子总是会跑来跟波纳奇玩儿。他们俩都是公羊，有一只会从正面去顶波纳奇，另一只会从后面顶她。这时波纳奇会趴下来，低下脑袋，然后溜走。波纳奇不在中间，两只小羊的脑袋就会撞在一起。小公羊会尽量避免相撞，而波纳奇会掐准时机抽身，让他们相撞。这是三只小羊最喜欢的游戏。偶尔，波纳奇会得胜，那一天她就兴高采烈的。她会直接跑向老太婆，用脸去蹭她的腿。“这孩子真是挺爱表现的！”老太婆笑着说。

波纳奇时不时地能从塞米那里喝到几口奶。自从给波纳奇喂渣饼汤后，老太婆就不太在意喂奶的事了。要是给老汉喝的从卡丽身上挤的奶有剩下的，她就倒进奶瓶喂给波纳奇。当塞米让孩子吃奶时，她会静静地站着，就像是恍了神一样，头抬着，眼睛闭着，嘴巴动个不停。这时候，波纳奇会试图跟塞米的孩子抢奶喝。要是她的孩子喝得太急的话，会把乳头松开，波纳奇就会乘机溜过来，咬住乳头。

这样她会喝到几口美妙的甘霖。这时，松开乳头的小羊会把波纳奇推开，重新咬住乳头。就这样，波纳奇学会了偷奶喝。

即使这样，她的健康状况还是没有改善。她的样子还是像个营养不良的小崽儿。她的体重增加了一点点，但皮肤上的毛一股股地垂着，毫无光泽。她鼓胀的肚子像拳头一样突出着。她的眼睛暗淡无光，毫无生气。她走路吃力。不过，当伤口收干后，她恢复了一些元气和活力。她慢慢开始嚼草叶了，一次嚼一片。老太婆让她习惯吃草。老太婆从凤凰树上摘下嫩叶，喂给波纳奇吃。叶子苦苦的味道不合她的口味，但老太婆不肯放弃，会把叶子轻轻塞进波纳奇的牙齿当中。开始咀嚼后，她慢慢喜欢上了叶子的味道。老太婆用同样的方法让她习惯吃各种叶子和草。基鲁瓦树叶、楔子草是波纳奇的最爱。只要有，她就会吃得很开心。就这样，波纳奇度过了生命最初的两个月。

约莫在第三个月开始时，她跟其他羊一起出去吃草了。把羊赶去草地上放牧是老汉的任务。天色刚亮，他就会把畜棚地上清理一下。棚子里的地方不大：两只大羊、五六只小羊的屎蛋，加上另外一只小水牛的两大坨粪便，他要收拾掉的就这些。只够装满两篮子。他会把粪便收集起来，倒进堆肥坑。接着，他给小水牛摆上些干草梗子或者一点儿草，小水牛会着急地大嚼草料。山羊们以为他们也有的吃，会对着他叫。每当老太婆去别人田里干活儿后，她会带回家一些没熟的巴布尔果、蓟叶、哈利亚利草，然后小心保存起来。她的老伴儿会拿一些放在篮子里，摆在拴羊的棚子中央。五六个脑袋会去顶篮子，运气好的能够到点儿东西。

波纳奇没有参加争夺。她没有像其他山羊那样被拴起来，而是能随意走动。她随时都可以去吃自己喜欢的东西。老太婆不会拦她。这么小的崽儿也吃不了多少东西，是吧？

老太婆吃饭时，要是波纳奇站在一旁，她会把自己吃的东西给小羊羔一点儿。如果难得有一天是煮米饭，波纳奇会开心地猛吃。如果不是米饭，她会勉强吃点儿咖喱叶，把辣椒皮丢掉，再走开。为了防止波纳奇把嘴伸进他们的食物，老太婆把家里的所有罐子都盖上了布。

给山羊放好饲料后，老汉会紧一紧遮羞布，然后出发去地里。没人知道他去了哪儿，干了什么，但他回来时，嘴里总是叼着一根一尺来长的印楝树枝。他回家后一直嚼着它。最后，他会漱漱口，洗洗脸，坐下吃饭。他一回家，盼他回来的山羊们就会一直看着他。不管他走到哪儿，山羊们的脑袋都会转向那个方向，不时会听到叫声。卡丽的孩子长得健康结实，他们会拽着自己的绳子，兴奋地叫唤。

老汉很少理会他们，而老太婆会喊他们安静点儿。

早上，老汉只吃米糊。他捣米饭时，波纳奇会偷偷走近他。这时老汉会想起自己小时候。他会假装没注意到波纳奇。等了一会儿后，羊羔会直接站在他面前。他还是不会看她。她会去咬他的手，他会甩开。她会把鼻子伸进米罐。他会举起手，像是要打她一样，然后慢慢放下，拍拍她的嘴巴。波纳奇会假装疼得一抽搐，发出惨叫。

老太婆肯定听见了。她会边干活儿边说：“她爹啊，可怜的娃在哭呢，你就不能给她点儿？要是你让娃儿饿着肚子看你吃饭，你就会得胃病而死掉啊。”

这时他会马上拿一小块配米饭的生洋葱给波纳奇。她会张大嘴接住，跑向羊棚，然后站在其他山羊面前嚼那块洋葱。

波纳奇很喜欢洋葱辛辣的味道在舌头上蔓延的感觉。即使吃完了，她嘴巴里没东西也要继续咀嚼。母羊和小羊们会盯着她看，流露出羡慕的目光。然后波纳奇会做一次跳跃，这一跳里暗含了得意：“你们都知道洋葱的味道吗？”

喝完米糊后，老汉会坐在阴凉的地方，吸一根方头雪茄烟。看上去像是他把一条羊腿给撅断了叼在嘴里似的。要是波纳奇在他美滋滋抽烟时蹭他的腿，他会恼火地踢开她。于是波纳奇之后再也不敢靠近他了。

老汉抽完烟后，老太婆会拿一个篮子放到外面。篮子里放着老汉的午饭和一把除草锄。他把山羊们放出来，用绳子把每只羊从脖子到前腿绑好，以限制他们的活动。接着，他会等羊羔们吃完奶。羊羔还没有绑绳子，他们还没习惯走到妈妈前面。他们喝完槽里的水，离开前院后，老汉把篮子顶在头上，跟在他们后面。

羊群出发去吃草时，波纳奇会在一旁依依不舍地看着。等他们回来都傍晚了。直到那之前，她只能在老太婆的腿当中穿来穿去。这让老太婆很难受。

一天，当她在一旁闷闷不乐地看着时，老汉说："让波纳奇赶紧着点儿，她可以跟其他羊一起吃草了。"

他老伴儿不肯。"她能走那么远吗？""会有野猫把她捉走吗？""她能坚持到太阳下山，你下来吗？"她有一大堆问题。

老汉笑着摇摇头。"到这儿来吧，波纳奇。"他伸手叫她，波纳奇跑过来。他把波纳奇抱起来，让她跨在自己肩膀上，走了起来。

波纳奇的两条腿悬在老汉肩膀的前后，她抬起头呼唤老太婆。老太婆听不出这叫声是伤心还是开心。

“我会回来的。”波纳奇说着，高高兴兴地出发了。

只看着地上，

其他都不看，

这样的生活能叫生活吗?

中篇

第九章

波纳奇骑在老汉的肩膀上，感觉像是飘在空中一样。她向飞过头顶的织巢鸟投去友好的目光。那时候，她得到了国王驾乘皇家马车般的尊荣气派。不过好景不长。走了一会儿后，老汉抓着她一边的腿，轻轻一拽，把她放在了地上。

“快去吧，跟其他羊一起吃草去。”他说着，赶她走。

他们就在凶神把波纳奇送给他的那个土丘上。她跑去跟同类玩耍了。土丘特别小，就像是孩子喜欢玩的那种沙堆，不过它上面长了一丛山杧果树、巴布尔树、黑舍利沙树、帕莱树。它们的树干完全被盘根错节的藤蔓覆盖了。另外还长了一丛丛龙吐珠、稀树草原葡萄。跟田地相连的深水渠向远处绵延。

到草地上后，他们发现已经有一大群绵羊在吃草了，有些羊倌在四处走动。但是山羊很少。老汉让自己的山羊在山丘上吃草，因为他们在平地上吃不到。

尽管绳子限制了他们的活动，但卡丽还是不顾危险地把前腿撑在树干上，用嘴把树枝拽下来，然后吃树叶。她刚把一根树枝拉下来，孩子们和塞米就一起跑过来接住。他们一起固定住树枝，把上面的叶子都吃掉。吃完后，他们会猛地放开树枝。树枝就像是离弦的箭一样，又弹了上去。

对于波纳奇来说，周围的环境和放牧都是新鲜而陌生的。她不知所措地徘徊着。她跟在其他羊后面跑。她的个子小到只能看见其他羊的腿。因为挤不进其他羊腿之间，她一片叶子也吃不到。她害怕会被撞倒。她盯着其他羊看了会儿，然后去捡他们吃叶子时散落在地上的碎叶片吃。

等山羊们猛吃完第一轮解馋之后，他们安静下来，接着散开，独自或者两三个一起吃了起来。

波纳奇松了一口气。因为土丘上全是她最爱的山杧果树，她朝他们走去。从一根经受不住青藤的重压而垂下来的树枝上，她尽情地吃着。她这样吃东西很愉快。她把蹄子扎在泥堆里，爬上爬下，开心得不得了。

卡丽的三个孩子——卡杜瓦炎、皮桑、普鲁米对波纳奇一点儿都不在意。他们正好跟她不是同一群落的。卡杜瓦炎偶尔会独自走近她，闻闻她的阴户，把嘴贴在上面，抬起头。他鼻子冲上，感到了一阵兴奋，他抬起前腿，想踩在波纳奇身上。

波纳奇吓坏了。她用尾巴紧紧遮住阴户，跑开了。她能感觉到他不时会瞪着她看，就像是要告诉她：“你就等着吧。你以为能逃过我的手掌心？”

皮桑在这里有很多朋友，此时正忙着跟他们一起游荡呢。不过，等卡杜瓦炎又一次靠近波纳奇时，普鲁米跑过来，用光滑的脑袋顶他，接着把他推开。她把鼻子贴在波纳奇的肚子上，意思是让她走远点儿。欧桑、乌祖姆班是塞米的孩子，两只小公羊都比波纳奇小，她跟他们一起玩耍奔跑时很高兴。

爬上土丘的小石头上，然后跳下来，好像是他们最喜欢的游戏。所以波纳奇也爬上石头，站在了上面。石头表面很粗糙，但有一个很陡的斜坡，末尾是一个尖头。当她小心地向尖头走时，整个身体在往下滑。她的心提到了嗓子眼儿。她前腿用力抓地，放松身体后半部分，直到感觉像棉花一样轻盈，然后往前一跳。她就落在尖头下面，蹄子稳稳地停在地上。她的腿在抖。欧桑、乌祖姆班一直在轮流爬上跳下的。波纳奇跳了一次，证明了自己。

我不想再玩这个了，波纳奇心想。可要是她跳一次就不玩游戏，他们会瞧不起她的。于是她又爬上了石头。尽管腿在抖，但她还是收紧身体，把颤抖压了下去。接着她又跳了一次，这次她有了信心，觉得自己能再跳几次。可她身体里没有力气了。其他两只小羊是喝妈妈的奶的，而米汤、渣饼汤只能让波纳奇活命，给她的体力是很少的。她大口喘气，腿很疲乏。她表现得好像对游戏不感兴趣了，便走开了。她拽出一根红葫芦藤，啃了起来。叶子的味道真不错。她急着想尝遍周围找到的各种叶子和植物。但是，从藤里吃了一些叶子后，她想躺下来。她走向黑舍利沙树，在树荫下歇息。

在老太婆家里待了这么长时间，有房屋的保护，她的身体还不适应在大太阳下面的田野山丘间艰苦地跋涉。但她很喜欢。从现在开始，她每天都会来这里。

她躺着的时候，看见欧桑和乌祖姆班在玩一个游戏。两只小公羊想在她面前炫耀自己，不停地跳跃。在表演跳跃时，欧桑扭到了脖子，瘫在了地上，疼得大叫。老汉听到声音，跑了过来。他不清楚出了什么事，以为两只小羊互相顶脑袋打架呢。

“我要扒了你们的皮。”他冲他们吼道。

这会儿欧桑已经好了，他站起来，慢慢走向波纳奇，在她边上躺下来。波纳奇怕他伤得厉害，使劲儿舔他的身体给他安慰。

在草地上，波纳奇的任务就是跑来跑去，吃点儿叶子，填饱肚皮。然后她可以跳一跳，玩一玩，躺在树荫下睡觉。她还跟一群来这里吃草的绵羊有了接触。可她特别讨厌那些小绵羊。他们总是低着头。她心想，吃草喝水必须低头，为啥这些小绵羊连走路都低着头？

只看着地上，其他都不看，这样的生活能叫生活吗？树木、月亮、星星、阳光，小绵羊看过这些奇妙的景色吗？不抬头怎么能看到天空？他们看地面的时候，还抽鼻子、清喉咙、打喷嚏。他们都看不到面前的脸。他们只看着其他绵羊的腿，把头插在那些腿当中站着。即使她想跟一只小绵羊玩儿的时候，他也是低着头跑过来的！

“看看那些山羊吧，”波纳奇自言自语，“他们总是昂着头站着。他们只会吃那些抬头才能吃得到的叶子。走路的时候，他们直直地看着前方。当羊倌呼唤时，他们会昂着头跟在他后面。”

绵羊们的脖子和前腿都没有被绳子绑在一起。人们只有对骄傲的山羊才会这么做，这样，他们走路时才不得已会看着地面。山羊总是想挣脱束缚。而绵羊没有束缚，所以不需要努力。

如果本性就是卑躬屈膝的，还用得着束缚吗？可这些绵羊还是很幸运，也许他们并不觉得卑躬屈膝是一种束缚。

第十章

欧桑和乌祖姆班是波纳奇仅有的两个玩伴。她一会儿跟他们打闹，一会儿跟他们相亲相爱，日子就这么过去了。他们在草地上悠游的这段时间里，发生了两件难忘的事情。这两件事都跟卡杜瓦炎和皮桑有关。卡杜瓦炎一到草地上，就火力全开。他把头往后一甩，视察起了整片草地。他会找看得见山羊脑袋的地方，然后朝那里跑去。

“喂，卡杜瓦炎……看我不打断你的腿！”老汉会大喊。

那时，卡杜瓦炎会装作根本没听见。他会去找草地上的每一个羊群，去闻大小母羊的阴户。然后，他抬起上唇，露出牙齿，高昂起头，享受着那种气味。他会露出阳具，大声地撒尿。有几个小母羊被他的触碰搞得有些痴迷，她们会把身体一缩，撒起尿来。卡杜瓦炎会把嘴送到尿流里，喝一点点。有几只大母羊会去顶他，把他撞翻，小母羊会吓得夹紧尾巴逃走。

波纳奇目睹了卡杜瓦炎的愚蠢行为，越来越讨厌他了。老汉真是没用，要是老太婆在的话，她会在他嘴上打两下，让他规矩点儿，波纳奇心想。

卡杜瓦炎会游荡很久，然后筋疲力尽地溜达回自己的羊群。接着，他会好好地吃一顿。要是没有人看着，他就会去追赶波纳奇，这时波纳奇会叫着跑向老汉。

“你连个羊羔都不放过吗？你咋变得这么不要脸！”老汉会骂着他，把他赶跑。他会把波纳奇抱起来，放在腿上，让她待一会儿，然后再放她去吃草。

波纳奇跟皮桑没有过节。他不会到处乱跑，他的唯一目标是一直在身边的普鲁米。他老是去惹她，抚摸她，想骑在她身上。普鲁米有时候挺喜欢他的关注，有时候又会扭头就走。要是老汉在，他会狠狠踹皮桑一脚。

“好啊，你就想往地上一躺，喝你妹妹的尿啊。懒东西，还有脸叫自己公羊？”老汉会这样责骂他。

每当跟其他羊群混在一起时，皮桑会去追几只小母羊，他从来不会主动去找其他羊。

其他羊倌会跟老汉抱怨卡杜瓦炎的行径。“老伯啊，你家的崽儿太淘气了，咱受不了。咱们的羊在吃草的时候，他乱舔她们，追着她们跑。你就管管他吧。”

“随他去吧，这可怜东西。他也是个活物啊，起码让他上一只母羊吧，然后咱们再骟了它。”老汉会这样说。

“要是他上了母羊，会失控的。”

“让他这辈子起码尝到一次快活的滋味嘛，他靠这点儿念想就够了。”老汉笑着说。

卡杜瓦炎控制不了。他接着去追母羊，打扰她们吃草。当抱怨他的话越来越多后，老汉就把他给绑紧了。他的头跟前腿之间一点儿空隙都没有。卡杜瓦炎受不了这样，他用力甩头，使劲儿抬前腿，可他解不开绳子。有一两次，他跳得太高，摔倒了。之后他学会弯起一条前腿，抬起来，用三条腿一瘸一拐地走路。他带着一条没用的腿去追母羊，不过他狂放的行为算是基本被驯服了。皮桑的腿没有绑绳子。他会偷偷捣蛋，逃过惩罚。

有一天，从另一个来草地的羊群那里飘来了一阵诱人的气味，这让卡杜瓦炎特别烦躁不安。他腿上绑着绳子也想去那里。老汉闻不到那个气味，他阻止了卡杜瓦炎。可是卡杜瓦炎就是安静不下来，他一口草都不吃，一直向着气味来的方向大叫。从那里也传来应答的叫声。

接着，管那一群羊的人过来提议："我有一只母羊发情了，从昨晚就开始打滚儿、叫唤。咱们试试，让你这只公羊跟她配一次？"

老汉高兴坏了。他马上解开卡杜瓦炎前腿上的绳子。

卡杜瓦炎一步就跳到了那只满地打滚儿的母羊边。他在那里待了一整天。他站在母羊身后，不时把前腿搭在母羊身上，波纳奇远远看他的身形像是个影子。她不懂他在做什么，也不明白老汉和羊倌为什么不把他赶走。他们说笑着，不时会看一眼卡杜瓦炎。

波纳奇一点儿都不喜欢这样。要是老太婆知道了这件事，老汉就完蛋了，她在心里猜想。每天晚上，波纳奇会把那天在草地上发生的事情一五一十地告诉老太婆。她讲的东西，老太婆有的听得懂，有的听不懂。不过，老太婆总是很认真地听着。

“瞧瞧这孩子，知道这么多事儿！”她会这么说着，然后托起波纳奇的脸蛋亲一下。波纳奇决定，晚上回去一定要跟老太婆说说这件可怕的事情。

皮桑走到卡杜瓦炎站的地方。他走到母羊旁边蹭她。卡杜瓦炎不许他靠近，用头一顶，就让皮桑惨叫着落荒而逃。

下午，老汉又把卡杜瓦炎的脖子和前腿绑了起来。卡杜瓦炎失望地躺在树荫里，整天一口草都没吃。

这下轮到皮桑追着母羊走了。也许是因为母羊不喜欢皮桑，她总会跑开。不过皮桑没有泄气，他追着她跑。有时母羊好像会因为可怜皮桑而顺从地静立一会儿。过了一小会儿，皮桑回来吃起了草。

老汉把卡杜瓦炎脖子和前腿上的绳子解开。他直接去了母羊那里，站在她前面。

“瞧瞧，动物之间是多么不同啊。”老汉说。

“这小崽子满足了。现在她不会让任何公羊靠近了。”羊倌笑着说。

但是卡杜瓦炎一整天都没回羊群。傍晚，等到要把羊群赶回家时，老汉抓住了他，把他带了回来。母羊转向他们的方向，叫唤着，卡杜瓦炎也报以叫声。两只羊的叫声里透出的悲伤让波纳奇觉得很奇怪。

“我替他们俩难过呢。要不你今天让他留下来，让他跟她过一晚再回？”羊倌说。

“你尽管带上他吧。我明天一早就找人把他给骟了。让他自己快活一晚。”老汉说着，答应了。

卡杜瓦炎一解放，就进了羊群，站着蹭母羊的身体。他再没回头看自己的羊群。他的母亲呼唤他，他没有回头；皮桑叫，他没回答；普鲁米呼唤他，他也没为了她而回头。看着一只属于自己这一群的羊离开，波纳奇也发出微弱的叫声，但他一直没有转身。小母羊的呼唤比他们的叫声都重要。

“到了该交配的时候，谁还有工夫讲亲情呢？”老汉说着，长叹一声。

老太婆怪老伴儿把卡杜瓦炎留给了其他羊群。“哎呀，你只要把那只母羊带回来就好了，凭啥让咱家的公羊留在那儿呢？这是啥不成体统的勾当！”她说。

“唉，就今天凑合一下。要是母羊来了这里，她在陌生的地方难道不害怕？卡杜瓦炎除了她，基本上啥都不在意，所以我觉着他们在那儿能高兴点儿，这才把他留下了。”老汉试着安慰她说。

“她就那么骚，他非跟着她不可吗？”老太婆说。

“不管骚不骚，她的鼻子挺漂亮。他喜欢上她了。而且，她是他的第一个对象。就算他想离开她，你觉得他的身体肯让他走吗？”老汉笑着说。

“他连咱们家都不会记得了。明天一大早就去叫那个人把卡杜瓦炎给骗了吧。这样他就能乖乖待在一个地方了。”老太婆说。

那天晚上，老两口一直在聊卡杜瓦炎的问题。他们醒了以后，又聊了会儿。

这些天，波纳奇要么睡在老太婆的床下，要么跟其他羊一起睡在棚子里。她会走到头朝着相反方向睡觉的欧桑和乌祖姆班那里，在他们当中躺下来。塞米不喜欢她这样闯进来，她会拽着绳子，想去顶波纳奇，可她够不到波纳奇。

波纳奇会静静地躺着，幸灾乐祸地看着塞米。塞米会大发脾气，可她能怎样呢？有一回，她把屁股对着波纳奇的方向，伏在地上撒尿。波纳奇被喷了一身的尿水。

“呃。”她又是惊吓又是厌恶地站起来逃走了。每当她想起塞米在生下欧桑和乌祖姆班之前也一样爱护她时，她就会哭起来。她曾经把塞米当成自己的妈妈，现在塞米每天都告诉波纳奇她不是自己的妈妈。那天夜里，卡丽一直在叫。她又怀上了，这些天不产奶水了，但是她一直呵护着自己的三个孩子。她会看着皮桑和普鲁米叫，就像在问：“卡杜瓦炎在哪儿？”他们会哀叫着回应她。

卡杜瓦炎不在，皮桑可高兴了。卡杜瓦炎特别善于吸引注意。皮桑愉快地躺着反刍食物。“只有我一直在你身边。”他告诉自己的妈妈。

卡杜瓦炎跟其他羊群走了，那一晚，波纳奇很开心。但到了第二天，这种开心就烟消云散了。

卡杜瓦炎早在他们之前，就到了草地上。他很少理会从前的玩伴，他的肚子里好像也没进什么食。他喝了点儿水吗？他到处都跟着“漂亮鼻子”，她也从容地领着他走。今天，她用自己的厚尾巴紧紧遮住了自己的阴户。卡杜瓦炎走到她身后，试图用鼻子把她的尾巴拨开，可她不肯就范。他一步不离，总在她身边转悠。她一抬起尾巴，他就跳上前去，骑在她身上了。她没有反抗。

波纳奇看到后，很生气。这个“漂亮鼻子”干吗乖乖地站着？她干吗要让卡杜瓦炎这大个子压着？

老汉也看到他们了。“好了，这是最后一回了，等着瞧吧。”他笑了。

第十一章

过了几分钟来了一个人。他跟老汉差不多年纪，但个子比老汉高很多。他带了一把木剪刀，还有一个大葫芦。

“来吧，摆渡的。这日头都起来好久了，我寻思你咋连个人影子都没有呢。”

这时候，四五个羊倌也过来了。“我得把前边的活儿干完才能来不是？”摆渡的说着，把葫芦放在地上。那些人把碗伸给他，他从葫芦里给每人倒了些甜酒。波纳奇很好奇，想知道发生了什么，她走到他们边上。

“这小崽儿咋看着像头粗毛小驴啊？”摆渡的说。

“咱们自己养着她呢。没爹妈照顾的孩子免不了粗糙。”老汉回答。波纳奇赶紧躲在了他身后。

“好吧。把那只崽子抓了带过来吧。”摆渡的说。

“布枯枯，布枯枯。”老汉试着呼唤卡杜瓦炎。

卡杜瓦炎好像没听见他呼唤似的。两个年轻的羊倌小心翼翼地向他走去。“漂亮鼻子”见他们靠近，变得很害怕。卡杜瓦炎以为她有危险，便毛发直竖，昂着头向他们冲来。

“啊，看样子他是想护着她呢。”其中一个羊倌笑了，走上前，在卡杜瓦炎面前站定。

跟在后头的另一个羊倌伸出手，抓住卡杜瓦炎的一条后腿，把它抬起来。卡杜瓦炎没法儿用三条腿站立，趺趺撞撞，然后侧翻在地上。

“羊鞭倒是不小，可肚子是瘪的。”前面的羊倌笑着说。

接着，卡杜瓦炎被人拽住脖子上的绳子拖走了。他只好跟着他们走。他不时地回头哀叫，让“漂亮鼻子”听见他。“漂亮鼻子”惊吓过度，一时想不到回答他的呼唤，一动不动地站了会儿。接着，她追着卡杜瓦炎跑过来，哀叫着。真不可思议啊，还有动物为卡杜瓦炎哭得这么伤心，波纳奇心想。

羊倌跑向“漂亮鼻子”，把她赶走了。她走向羊群，融入其中，偶尔回头看看卡杜瓦炎。

他们把卡杜瓦炎带来，放在了摆渡的面前。一个人抓住他的脑袋和前腿，另一个把后腿摁在地上。但卡杜瓦炎抬起身体，跳了起来。

“他看着像个嗜肉的孩子。”摆渡的说。

“昨天他上了一只母羊，咱们控制不了他，所以我才请你过来。”老汉说。

摆渡的走到卡杜瓦炎面前，从他后腿间拽出睾丸。抓着他后腿的年轻人笑了。摆渡的把剪刀的刀刃打开，把羊睾丸往里一塞，剪了下去。咔嚓一声，什么东西断裂了。

“咩——”卡杜瓦炎发出一声长长的哭叫。草地上的山羊停下吃草，然后抬起头。连绵羊都抬起头往回看，耳朵都直了。一眨眼的工夫，事情就办完了。卡杜瓦炎的眼睛里涌出泪水，瘫在了地上。现在谁都不用去按住他了。

“不把这玩意儿弄坏,野性就改不了。”一个年轻人说。

“我做这种可怕的事情，怎么能心安呢？”摆渡的哀叹说。

“杀人不眨眼的家伙都活得满不在乎，你这么担心干吗？”老汉问。

这时，他们已经把皮桑抓来了。摆渡的把葫芦送到嘴边，喝了点儿酒。“我的罪孽比杀人的罪孽还要深。”他说。

不久，田野里就回荡着皮桑撕心裂肺的哭声。接着，三只公羊一个个被带来了。摆渡的干活儿是个老手。现在，整个草地已经习惯了羊的惨叫。大家连头都不抬一下了。羊倌们把倒在地上的小公羊拉起来，逼他们站起来。卡杜瓦炎合不拢腿，一直叉开着腿。他的睾丸肿起来了。他惨叫着，直到筋疲力尽。其他小公羊都是这样。皮桑都哭不出来了，他的身体还在颤抖。他们都不知道在自己身上发生了什么。

摆渡的把葫芦里剩下的甜酒喝光。他抬起头，看见五只小羊痛苦地站着，眼泪直流。他用双手拍着胸口，大哭起来：“作孽啊！我是罪人，我是坏蛋！”

老汉走向摆渡的，骂他：“咋回事？你不是刚刚才干这营生吧？”他往一个毛巾包里倒了一份谷子，其他羊主人也添了自己该给的那份谷子。摆渡的没留意，他号啕大哭，一会儿捶地，一会儿捶胸。他跪倒在那一排小羊面前，像拜神一样拱手作揖。他嘴里嘀嘀咕咕，像是在哀求他们。接着，他像个精神失常的人一样站了起来，往来时的路走了。有个年轻人拿着那袋谷子去追他。袋子搭在他肩上，像个大脓包似的来回晃荡，他默不作声地走了。

那天晚上，老汉几乎什么都不肯跟老伴儿说。老太婆想尽办法套他的话。

“哦，你突然变成哑巴啦。有时候，你嬉皮笑脸很想唠嗑，我就非得跟你说话。现在你不作声了，我也该闭嘴了。”她责怪地说。

那天，波纳奇很难过。卡杜瓦炎和皮桑的腿不能交叉，躺下一分钟都不行。他们整晚站在同一个地方。他们不时会呜咽或者突然大叫起来。波纳奇走近卡杜瓦炎，闻闻他的腿。卡杜瓦炎没有反应。

那天傍晚，老汉把他们从草地赶回家费了很大劲儿。他们只要迈一步，就会疼得直叫。他们在回家的路上轮流哭喊着。老汉耐心地赶着他们走。两只母羊也很累。母羊卡丽走近卡杜瓦炎，闻闻他，像是在跟他打招呼，但他毫无反应的能力。

仿佛有一片沉寂从四面八方笼罩着他们。那天晚上，波纳奇没合眼。她不时走到他们旁边站一小会儿。但是，他们就像两个石雕一样，一动不动地站着。

第二天清晨，老太婆用一个宽口大瓮打了水，用杯子往卡杜瓦炎和皮桑的胯间用力泼水。他们吓得往后跳，然后乖乖站住了。水淋在伤口上一定是起了舒缓的作用。老太婆给两只羊的伤口上泼了两三瓮水，接着，她拿了些牛粪，涂在他们的睾丸上。

“干吗要去追那些小母羊，遭这种罪呢？看样子，你就是不安分。就是想安分，你的身上流的血也让你安分不了。这么着，你只能受苦了。”给他们处理伤口时，老太婆自言自语道。

她捧了一些棉花籽给两只小羊。但卡杜瓦炎连闻都不愿意闻。老太婆不肯罢休，她掰开他的嘴巴，塞了一些进去。卡杜瓦炎慢慢咀嚼着，尝到了滋味，最后又吃了些。接下来四天，两只小羊都没去草地，他们整天都站在羊棚里。

波纳奇有点儿闷闷不乐。整个草地变得有些空旷。她躺在树荫里，想知道为什么会这样。她怎么都想不明白。

第五天，等羊群吃完草回到家后，卡杜瓦炎和皮桑都在躺着大吃叶子。看见波纳奇和其他羊，他们发出轻声的叫唤。波纳奇又开心起来了。从这天开始，两只小羊就跟其他羊一起吃草了。波纳奇跑到卡杜瓦炎身边，对着他左冲右撞，想跟他玩。卡杜瓦炎对她没有任何反应，他也再没有去追其他羊群里的小母羊。他自顾自地吃着草，就跟皮桑一样。皮桑从来都是这样，只是现在更加安分了。波纳奇偶尔会往他们的腿之间瞟一眼。她看到原先像棕桐果一样垂着的睾丸渐渐萎缩、干瘪了下去。但不管怎样，他们变得安分了、乖了，不再疼得满地打滚儿了，波纳奇很高兴。

第十二章

在接下来的一个月里，波纳奇出了一趟远门，头一回见识了外面的世界。在那之前，老两口的茅草屋和周围的田地、村子、草地就是她的全世界。这趟旅程让她知道世界上还有其他地方。

老太婆的女儿让妈妈去参加她家村里梅萨噶兰神庙的年节。老两口每年过节时都习惯赶着羊去。在出发去女儿村子前，老汉把小水牛牵到集市上卖掉了。他们很高兴能有点儿钱给女儿。

天一亮，他们就出发了，还带了一大盒食物在路上吃。波纳奇一开始以为要去新的草地，但是他们一直都在走。第一天，他们在湖边吃草，然后在旁边的一排石头上睡觉。他们必须趁着天还亮时，找地方过夜。老两口已经老眼昏花，习惯在傍晚就睡觉，所以会这样安排。

风送来了湖水的清凉，在石头上吹拂，他们睡得很香。

第二天，他们进入了一个棕榈种植园，整天都在里面走。连绵不绝的棕榈树一排接着一排。棕榈叶随风摇曳。枝上长着干枯的棕榈果。这里是一个大沙土平原。山羊们为了填饱肚子，去啃棕榈树枝上的叶子，还有就是大吃老汉拉下来给他们的藤蔓植物。他们在草地上从没见过这些藤蔓，有些还很好吃。

每当山羊往四处跑开时，老两口就得负责把他们再归拢到一处，然后再赶他们往前走。波纳奇跟老太婆寸步不离。走路时，有时她会绊倒在老太婆腿间。但就算这样，老太婆也不会责怪她。

“波纳奇乖娃儿，看着点儿走路。要是你撞在我腿上，把我给摔倒，谁来照顾你呢？等你有一天生了一窝七只崽儿，不需要人伺候你吗？”她慈爱地说。波纳奇很是难为情。

欧桑和乌祖姆班给老两口惹了不少麻烦。“咱们应该给他们脖子上套条绳子牵来的。”老太婆说。

背干粮对她来说就够吃力了。他们匆忙赶路，生怕还没到女儿的村子，干粮就没了或是坏了。按照计划，他们可以在第四天傍晚到达目的地。第三天中午，他们到了一个树木茂盛的山坡上。这是一条长长的山脉。满是高大树木的森林在山脉上绵延。老两口让羊群在山麓里吃草。如果沿着环绕森林的边缘走，走到一半就能找到一条往东的小路，这是去女儿村子的近路。

山羊吃过草后，从附近一个池塘里喝了水，在树荫里躺下休息。老汉和老伴儿在树下面躺了会儿。波纳奇趴在老太婆脚边反刍食物。

就在这时，欧桑和乌祖姆班离开妈妈身边，跑进了森林。他们想要不受干扰地玩耍。波纳奇正好醒着，看到他们跑走了。她马上也有了同样的冲动，跟在他们后面跑去。

这里每一棵树的树干大到五六个人合抱都抱不拢。藏在树后面是很难被发现的。欧桑试着躲起来，但乌祖姆班四处乱闯，找到了他。波纳奇也加入了游戏，他们俩都想让波纳奇扮演找的角色，她接受了他们的决定，在前两轮中扮演找的角色。

乌祖姆班和欧桑都跑开，藏了起来。波纳奇找到了乌祖姆班，因为他的尾巴露在了树的外面。但乌祖姆班不会承认失败，她必须当面找到他。从背后靠近不算，因为这不公平，乌祖姆班争辩着。波纳奇说："去你们的游戏！"然后爬到了高一点儿的地方。有些树下的地上都是没熟的豆荚，她试着咬了两个，味道很不错。于是她走得更远了，沿路在每棵树下面捡豆荚吃。

森林、树木对波纳奇来说很奇妙。她看见了兔子、田鼠、蛇，他们看见她，就慌里慌张地逃走了。她既害怕又好奇。这是一种奇怪的感觉，好像到了自己真正的家里一样。她走到几棵树边，把身体在树干上蹭。只有当黑暗慢慢在林子里弥漫时，她才想到自己是不是走得太远了。她马上往山下走，但已经看不见上来时走的路了。她大叫起来，以为会听到老太婆回答她的声音，但她只听到陌生鸟儿的叽叽喳喳。过了一小会儿，她不叫了。

在那一天，波纳奇认识到了自己的机智。夜幕降临，所有路线都关闭了。她别无选择，只好在山上过夜。她要在哪儿待着呢？她能在黑暗的包围中独自躺着吗？她很害怕。就在这时，她看见旁边有一个大池塘，水面上长满了水葫芦。她从来没喝过这么甜的水。她想下水游一会儿泳，可覆盖在平静水面上的水葫芦让她害怕。她压抑住自己的愿望。她发现有块岩石伸在水面上，就像是池塘边伸出来的一只手。岩石底部是宽的，然后越来越窄，顶上是个尖头。看来这个地方挺适合她。她用蹄子扒着岩石，爬到了顶上。没有谁能上得来，这给了她一些安全感。

刚开始，波纳奇害怕极了。风扫过树木，在森林间呼啸。有时候，树会完全静止不动。她从没见过池塘上这种一团漆黑的情况。她像石蜥蜴似的攀在石头表面上。

过了很久，月亮升起来了，直直地照在头顶上，照亮了池塘的水面。森林突然像活过来了一样。几只鸟在月光中飞起来，然后又飞走了。过了一小会儿，在波纳奇躺着的歪石头对面，一大群动物吵吵闹闹地走到池塘边。野猪的身影出现了。他们走进水里，打破了沉寂，喝着水，在池塘里游泳。波纳奇抱着石头，看到了这个奇观。不知为什么，她的眼睛里充满了泪水，叹息着。她特别渴望跳进池塘里游泳、尽情玩耍，但是她知道，她注定只能继续当个旁观者。她安慰自己说，起码能亲眼看看这种场景，也算是老天的安排。她看到活蹦乱跳的小猪爬到成年大猪身上，再跳进水里。他们都像影子一样模糊不清，赋予这些影子生机的是在空中响起的声音。

过了很久，野猪才离开了。波纳奇喜欢待在这个森林里面。到处都是巨大的树木，植物和藤蔓郁郁葱葱。有喝水和游泳的池塘、可以躺下来休息的石头。她可以向任何一个方向继续往前，就像是穿越无边无际的太空一样。会不会有野兽像小时候来抓她的野猫那样把她弄死？在这之前，自己干吗不住在这里呢？她有了各种奇怪的想法。

天慢慢亮了。现在池塘的景象不一样了。花草笔直地长在水里，一群鸟在天上盘旋。她懒懒地站起身，把嘴伸到池塘里，喝了点儿水，这水像蜜一样甜。她真想一直喝这种水。

一离开这里，她就想到了老两口，他们可能到处在找她，变得很担心。他们会怎么想呢？让他们找吧，让他们到处转悠吧，让他们放弃寻找，继续赶路吧。

没有老两口，她可以生活，可离开欧桑和乌祖姆班，她能忍得了吗？还有离开两只母羊、卡杜瓦炎、皮桑、普鲁米。在自己羊群里的生活给了她持续的安全感。这个森林里应有尽有，只是没有她自己的羊群。她能独自活下去吗？那些野猪难道不是因为生活在一起，就很开心的吗？一只孤独的野猪会这么自得其乐吗？她在这个森林里能找到欧桑和乌祖姆班那样的玩伴吗？她越想越害怕。

在必须赶紧跟同伴重新会合的心情驱使下，她见到一条路就沿着跑，一直跑到腿累了。波纳奇不知道自己在往哪里跑，她好像在围着同一个地点兜圈子，到处都是同样的景色，感觉像是在一个地方走路似的。不过她还是在跑，腿软了都不停下来。看见水就喝两口，然后继续跑。到了中午，当头顶的阳光晒得刺痛时，她听到了老太婆的呼唤："咕喂，咕喂，咕喂！"波纳奇立刻回答了，往叫声的方向跑去。等两个声音合在一起时，她们看见了彼此。

"我的老天，我的亲妈，你去哪儿了？你怎么就迷了路了，就这么丢下我们，让我们着急呢？"老太婆边说边在波纳奇头顶亲了一下。

她抬头看看老太婆的脸，大声叫着。两颗心都充满了浓浓的温情。就在这时，波纳奇才发现老汉已经带着其他山羊提前出发了。"没有波纳奇，我不走，我要找到她，带她一起来。"老太婆跟他说。

在波纳奇观赏野猪洗澡节目的同一天晚上，老太婆都没合过眼，一直在呼唤她。天一亮，她就把老汉打发走了，自己沿着山边边走边呼唤波纳奇。有半天的时间，老太婆的叫声都在森林里回荡着。不知怎么，她们竟然撞到了彼此。要是老太婆放弃、走掉，撇下她不管的话，波纳奇的遭遇就说不定如何了。她有可能会被某个野兽杀死吃掉，也有可能会从此开心地到处流浪。老太婆救了她。

那一整天，老太婆都没吃东西。盒子里剩下的干粮她都让老汉带走了。要是波纳奇没走丢，她早一天就到女儿家了。她们在森林边的一个村子里停下过夜。村子里有不少人认识她。她在一家人的前院里躺下，跟这家的老大娘说了波纳奇走失的经过。

老大娘问她："你让这小崽儿到处吃东西，你吃了什么？"

老太婆说："要保着我这条老命，我非得天天都吃东西吗？一天只喝水死不了吧？"

女东家一言不发，进了屋子，端出来满满一盘米饭。

"你到咱家来，饿着肚子睡觉合适吗？开口要点儿饭吃，会伤你自尊吗？"她说。

老太婆没答话，就吃了起来。

"说话、吃饭用的是同一张嘴。可是，咱们啥话都能说吗？还有，咱们啥都能吃吗？"老太婆说。

女东家说，很久以前，野狗、豺狼、豹子和成群成群的鹿都生活在那个森林里。现在只剩下野猪了。

“人老是糟蹋东西，每样都吃得精光。这样下去的话，除了人，这里还有其他东西能活下来吗？到最后，人还能活得了多久？”她叹着气说。

第十三章

第二天中午，她们到达了老两口的女儿家。她家的前院很宽敞，就像打谷场一样，一边种着六棵印楝树。树下的棚子里圈了一群羊。波纳奇急忙跑过去跟他们会合。看见波纳奇，他们都齐声叫起来，问候她。

“你别不是为了这只小弱羔子，把整个森林都跑遍了吧！”女儿逗老太婆。她有五个孩子，年龄不等，总会去羊棚里跟羊玩儿。

这家的羊圈里只养了一只大山羊，其他都是绵羊。这只山羊有三只小羊，个头儿比乌祖姆班和欧桑略微大些，比卡杜瓦炎和皮桑小点儿。一只是公羊，其他两只是母羊。玩伴儿突然多了，波纳奇很高兴。她怎么在森林中走失、老太婆怎么找到她的过程又被仔仔细细地讲了一遍。老太婆发了愿，等波纳奇长大生一窝羊羔，就会把其中一只小公羊献祭给梅萨噶兰尊神。当她在森林里不停寻找波纳奇时，她的心中就是带着这样的祈求。

女儿家跟老两口家一样，也是茅草屋。屋旁边有两三个小棚子，还有一对老夫妻也住在这里。

待在这里的一星期，波纳奇很开心。她非常喜欢小公羊波万。他除了下巴旁边有一个像痣一样的黑点子之外，全身都是白色的；脸圆圆的，嘴巴和鼻子鼓鼓的；小身板结实强壮；还长了一对漂亮的角。一开始，波纳奇生怕他不愿意跟她一起玩儿。毕竟，她瘦巴巴的、黑乎乎的，肚子还鼓着。不过他挺友好的。

不知道为什么，波万一点儿都不喜欢普鲁米。普鲁米老是想吸引他的注意，会挪过来蹭蹭他，但他只肯跟波纳奇一起到处溜达。波纳奇为此很是骄傲，现在她在羊群里也有了立足之地。

波万很爱玩儿“你追我跑”的游戏。他会让波纳奇先跑，然后追她。但他不会碰到她，而是从她身上一跳而过，落在另一边。他在空中跳跃时，腿往后弯，就像是在飞一样，波纳奇会惊奇地仰望着他。他假装不急着去碰她，让她干着急。当她跟欧桑和乌祖姆班一起玩儿的时候，他们一般马上就会碰她。她通常是被抓的那个，所以她不喜欢跟他们玩儿。但是波万给了波纳奇好多次逃开的机会，所以就算他最后碰到她，她也不介意。同样，每当波纳奇要碰他时，他会往旁边一躲，往上一跳。波纳奇玩儿不过他。不过最后他总不忍心让波纳奇跑的次数太多，会假装被她逼得走投无路。

在那个星期里，只有一次，在棕榈叶的掩盖下，他把嘴压在她的嘴上，给了她一个深深的吻。波纳奇觉得那个吻的滋味很美好。她盼着波万乘机再吻她，可不管有多少机会，他都按兵不动。她在这点上对他挺失望的。难道还要让她站到他面前，把嘴送到他嘴边？

日落时分，当一朵绯红的云在天空铺开时，波万使了个不一样的招数。他轻轻走近波纳奇，蹭着她的身子。当她凑得更近些，想让他再多爱抚爱抚自己时，他却走开了。波纳奇的脖子上还没系绳子，夜里想上哪里睡觉都可以。她会去躺在波万身边。靠着他的身体睡觉真开心。她枕着波万的肚子，觉得特别放松。有时候，波万会把脖子枕在她的脖子上，身体蜷缩起来，他的两缕胡须挠得她痒痒的。只要波万的角稍微碰到她的身子，她就会觉得兴奋。

整个羊群都为她和波万之间新建立的亲密关系而感到气恼，不过他们俩都不怎么理会其他羊。波万教给她很多能吃的新东西。月籽藤的味道、臭藤花的苦味、钢丝草黏稠的黑汁水，她都一一见识了。波万知道她喜欢吃山杧果叶，于是就带她去能找到山杧果叶的地方。看着波万每一口都吃得津津有味，回去后慢慢反刍食物，波纳奇就特别激动。

在一个美好的夜晚，当她躺在波万身边，把头靠在他

身上时，两个老太婆坐着在聊天。

亲家老太婆说："要不你再多待一个星期吧？你家里又没有孩子指着你照顾。要是你留下，我就有人唠嗑了，要是你走了，我的日子就又要变得无聊了。"

"我能咋办呢？亲家母，那个家我放心不下，不是吗？现在屋子里肯定都乱七八糟了，全积灰了。一回到家，我收拾屋子就得花四天时间。房子没人住，咋维持得了呢？咱家只有一小块地，把它打理好才能活命。这雨水一年比一年见少，要不待在家干活儿，就没东西糊口了。话又说回来，咱们干活儿也只能看身体吃不吃得消，等干不动了，也只好来投靠你们了。不然我们上哪儿去呢？"老太婆说。

波纳奇这才知道，计划是第二天早上就走。她头还没离开波万身上，就哭了起来。波万感觉到她湿湿的眼泪，哆嗦了一下。他转过头，亲热地舔她的脸。

就在这时，女儿走到前院说："妈，要不你把波纳奇留下？我们来把她养大。我们也不是省不下一点儿饲料喂她。"

波纳奇听到这话，高兴坏了。她完全不想回原来的村子。她已经深深喜欢上了这个家，愿意在这里一直待下去。可老太婆不答应。

“对我来说，波纳奇也是个孩子啊。她总是在我怀里、脚边。离开她，我可活不下去。我在森林里到处找她，把她带回来，可不是为了把她留在这儿的，不是吗？”老太婆坚决地说。接着，她受不了女儿满脸的失望，又说，“喏，把普鲁米留给你吧。我有两只母羊，足够了。波纳奇这孩子够我忙活的，她不在了，我不知道咋办才好。”

从那一刻起，波纳奇开始讨厌老太婆了。

“谁让她来找我的？她可以把我留在森林里的。我玩儿得挺开心的，吃吃野藤，跟野猪一起溜达。她不肯让我这么过，现在还不让我在这里跟波万待在一起。这老东西，好像我非得倒在她怀里似的。从现在开始，我要争取不受人的限制。”波纳奇跟自己说。

一整夜，她躺着想了好多事。清晨，波万走到一旁去拉屎撒尿，然后回来躺在她身边，把脸贴在她脸上。他轻轻地把嘴唇压在她嘴上，给了她一个吻。波纳奇静静地躺着，多希望他们的嘴粘在一起。当老太婆过来拍醒她时，她才回过神。

“你要在这儿做客做多久？还想着回家吗？瞧你睡的这样！”老太婆说着，温柔地拍拍她的背。

波万朝另一个方向站着。波纳奇不情愿地加入了自己的羊群，往前走了一步，然后回头看。波万眼泪汪汪地盯着她看，她眼里也满是眼泪。老汉用一根长树枝抽了她的背，她慢吞吞地走开了。

就在这时，波万大叫起来，拽自己的绳子。波纳奇没回头都能感到绳子断了，他正在向她跑来。有那么一分钟，他们俩静静地站着，靠在一起。

女儿跟着波万后面跑过来，骂他：“好啊，你跑得挺远的啊？把绳子拉断要逃跑？现在我不想揍你，等明天，我就把你的脖子跟前面两条腿绑起来，要多紧有多紧。”她抓住波万身上留的断绳，把他拽了回去。波纳奇立刻往后退。

“瞧瞧这没脸的小蹄子。”老汉说着，让一个外孙女拿了根绳子来。就这样，在那一天，波纳奇的脖子上第一次套上了绳子。一旦套上了，就拿不下来了。

走了很远，他们还能听到波万的叫声。波纳奇大叫着回答。卡丽、卡杜瓦炎、皮桑没因为普鲁米被留下而叫这么大声。就让她在那里开心地生活吧，他们一定是这么想的。普鲁米也看上了波万。波万会被她勾引去吗？一想到这种可能性，波纳奇就哭得更凶了。她觉得普鲁米像是在嘲笑她。波纳奇气得不得了，她恨所有人。

“从来没听到这小嗓子里喊出这么大声音。她连在森林里走丢都没叫这么大声。”老太婆惊讶地说。

一路上，波纳奇想着波万，伤心地哭着。慢慢地，她的哭声小了，但脸上留下了一层抹不去的哀伤。路上，不管有多美味的东西，她都一口不吃。不管在哪里，她都会看到茂盛的钢丝草丛，波万出现在当中，她听到他绝望的哭喊。他用嘴唇去摩挲她的脸、亲吻她时，她感到的那种愉悦在心里久久不去。她一整天没喝一滴水。老太婆又生气又疼惜。

“瞧瞧这个小浪货，她身上就只剩一把骨头，看样子，她还急着想要个伴儿呢。”回家的路上，她一直骂波纳奇。她有一度说：“不要死在我手里啊。”然后把波纳奇的脸摁进水里。波纳奇勉强喝了几口。

这一天，卡杜瓦炎总离波纳奇不远。每当偶尔看到他时，波纳奇就会哭起来。他什么都不说，碰碰她的脸，好像在说：“这都是命啊。”

波纳奇想起卡杜瓦炎跟着“漂亮鼻子”和另一群羊走的那天，她哭得更伤心了。

第十四章

第二天发生的一件事让波纳奇的悲伤烟消云散了。

在离开波万家的第三天，他们在一个村子外的空地上停下了。天很热，山羊们吃草吃得腻烦，赶路赶得筋疲力尽，瘫倒在地上。老两口在空地边的水渠里洗了手，打开装食物的包裹。波纳奇满脸怒容地躺着，头埋在腿里。她心里在想象这会儿波万在做什么，不知道有没有想着她，或者已经把她忘了。老两口在说笑，他们一定是在讽刺我、嘲笑我，波纳奇心想。她恼怒地看了他们一眼。就在这时，躺在老两口身后的欧桑和乌祖姆班慢慢站起来。他们被周围郁郁葱葱的绿色深深吸引了。一到这里，他们就在啃着什么东西。之前，老两口骂了他们，管住了他们。现在他们好像有办法逃开了。其实原因挺简单的。不远处是绵延不绝的花生田，羊都受不了诱惑。波万那个村子里也种了花生。

村民会把花生的梗子堆在一起晒干，不能带山羊出去放牧的时候，就用这个喂他们。花生的叶子和梗子很好吃。这些羊在自己村子没有这种食物，他们吃得很香。但即便在波万的村子里，他们也吃不到新鲜的绿梗。

波纳奇躺着看着他们。只要发出一点儿轻微的声响，老两口就会发现。她琢磨着怎样转移他们的注意力。就在这时，欧桑和乌祖姆班咬住一根藤，急急忙忙地嚼起来。波纳奇看着那些深绿色的卷须神奇地钻进他们的嘴里，在嘴角溢出又消失。接着，她看见一个人从远处跑来。“嚯依，嚯依。”他挥着胳膊大叫，向他们扔了块石头。

老两口听到声音，转过头。石头在空中掠过，砸在乌祖姆班（他因为干扰声而抬起了头）的太阳穴上。一声惨叫，乌祖姆班腾空跃起，转了个圈，倒在田里。

“哎呀！”老太婆喊着跑到乌祖姆班身边，抱起他来。

波纳奇害怕地站起来，大叫起来。现在整群羊都站起来了，但都没有行动。乌祖姆班的小命一下子就没了。老太婆捶着胸口，号啕大哭起来。

那个农民也没料到会这样。他丢石头只是为了赶走吃庄稼的小羊。要是乌祖姆班不抬头，就不会被打中。波纳奇悲恸地哭起来，她宁愿石头打中的是她的太阳穴，宁愿死的是她，而不是乌祖姆班。

老汉气愤地骂那个农民，但农民冷静地答道：“你会眼睁睁地看着你家花生被吃掉而不管吗？只有农民才知道庄稼的珍贵，羊倌知道个啥？”

“这小公羊多漂亮啊，咱们伺候了他一年啊，这是咱们活命的本钱，现在可咋办？”老汉怒火直冒。

这时，五六个人从附近的田里冒出来。大家都有话要说。这边是过路的，那边是本地的；这边是两个老人，那边有很多人。除了这个，这事该谁负责？路过这里错了吗？坐着乘凉错了吗？小羊去吃草错了吗？那个农民扔石头错了吗？乌祖姆班抬头错了吗？一切都是偶然发生的，要是说错了，那一切都错了。

不过村民们对老两口还是挺公平的。“死了的也活不过来了。那要怎么处理这件事呢？”他们问。可以把小羊切成肉块。

不管多少块，那个农民都要负责把他卖给本地的村民。羊皮可以单独卖。他们可以把死掉的小羊换成钱给老汉。还能怎么办呢？要是不答应，老汉可以带着死羊走。他纵容小羊在田里吃东西，农民只能赶走他。

老汉同意了。老太婆用手抱着头，哭诉着：“梅萨爷啊，咱们去赶年节是因为信奉您哪，要是您让咱们受这么大的损失，咱穷苦人可咋活啊？”

两方都不希望去官府和法庭解决这事。回家后，他们会把小羊的编号报给官府，就记录他在去其他村子的路上得病死了。老汉会去办这事。

他们把乌祖姆班的尸体带到阴凉处。石头砸到脑袋的地方肿了个大包，身体其他地方没有一点儿瘀青。乌祖姆班的眼睛睁开，定定地瞪着前方。

想吃一口花生梗子是罪过吗？他难道该用命来补偿吗？所有羊都站在边上。欧桑的腿还在抖，他近距离地目睹了生命的终结。他怎么能忘掉乌祖姆班——他一直以来的伙伴？欧桑吓呆了，往妈妈身边靠过去。过后，整群羊站着看乌祖姆班的尸体被切割、砍剁成一块一块的。要是村民也对站着的这群羊都下手，他们怎么拦得住？在乌祖姆班被砍下的头颅上，那双眼睛瞪着他们看了许久。

波纳奇既不敢看那双眼睛，又不能扭过头，她静静地站着，心里感到一阵巨大的空虚。当她看着一直以来一起奔跑的同伴慢慢变成了几大块肉时，她认真地问自己："我为什么还要活着？"

村民们想把乌祖姆班的一部分肉给老两口。老太婆拒绝了，她说她死也不想要。村民们收了每份肉的钱，然后给了老两口。

他们在村庙里的院子里过了夜。不少当地人过来打招呼，跟他们问好。老汉早早地告退，去睡了。老太婆每过一会儿，就抽抽噎噎，不知厌倦地跟问的人重复他们的遭遇。

“这畜生命里注定要这么死，真可惜啊。”她不停地叹息着。

波纳奇走失的事情也成了谈话的内容。村里的几个老太婆结伴而来，跟她聊天，安慰她。

买了羊肉煮好的人跟她说：“我给你带一点儿来，你吃吗？”

“我把他当孩子一样养大的。”老太婆说，“吃自己的孩子，我是魔鬼的心肠吗？”

即使这样，有些人还会坚持。

“有啥了不起的呢，大娘？咱们不是都吃祭祀神灵的牲口吗？你就那样想好了。”他们说。

“咱们祭祀，是神灵带走了牲口的生命，剩下的给咱们。可这小羊的每块肉都是活生生的啊，当妈的怎么忍心吃自己的儿子？”老太婆问。

他们都听从了她的话。

“遭损失的人是该可惜，可得到肉的人也没有好处。”一个老太婆说。

第十五章

远行回家后的第十五天晚上，波纳奇发情了。在这十五天里，她满脑子只想着波万，乌祖姆班呆滞的眼睛偶尔也会浮现。

“死了的，苦难已经随他们去了，生着的还得继续熬下去。”老太婆经常这么说。

波纳奇心里也一直这么想。要是没出这趟远门，现在他们就不会有这种麻烦。但就是因为有这趟旅程，她才能在森林里畅游，至少跟波万在一起过了几天快活日子。月光下，野猪在池塘嬉戏的画面已经印在了她的脑子里。每当她闭上眼睛，这个场景就会浮现出来。真神奇啊，她想。

波万给她种下的两个吻在她嘴唇上缠绵不去。她总想着它，想着跟波万玩耍的情景。她想象着他腾空而起，从她身上跃过。她有那么多快乐的回忆，为什么总要为了悲伤的事情而灰心绝望呢？每一次她想起那些快乐时光，心里就满是愉悦。出乎每个人的意料，她会在草地上跳跃、奔跑。

有一回，欧桑生气地问她：“乌祖姆班死了，你就一点儿都不伤心吗？”

“我为他难过，他能死而复生吗？我们当然一定要记着他，可要是老想着他，还要怎么活下去呢？”波纳奇反问他，为自己的思想深刻感到骄傲。

现在，欧桑跟她形影不离了。他不是很细腻。他俩一起玩儿的时候，他会突然用鼻子蹭她。她一点儿都不喜欢这样，马上就会想到波万。虽然欧桑看上了波纳奇，但波纳奇只把他当成玩伴。

接着，有天晚上，波纳奇感觉到身体里突然发生了巨大的变化。她感到下腹部一阵剧痛。一会儿后，她的肚子里好像有东西从阴户涌出来。突然间，她满心都想着波万，没意识到就呻吟了起来。

老太婆听着像是痛得很爽时发出的叫声，很不理解。虽然对无数山羊的交配叫唤很熟悉，但她还是把波纳奇当成没断奶的羊羔。连波纳奇对波万产生的感情，她都觉得是玩伴之间的友情。

“不知道她咋了。我点个灯去瞧瞧。你起来，跟我一起去。”她叫老伴儿来帮忙。

老汉很清楚波纳奇叫声的意思。

“她就是想交配了。你老了，反而越来越糊涂了。”他说。

“真的吗？她要交配？”老太婆笑着走到波纳奇身边。她用手指摸到了从波纳奇阴户里流出来的黏液。波纳奇全身都起了鸡皮疙瘩，她觉得很冷。她渴望老太婆更加热乎地抚摸她。

看着她屈腿站立的样子，老太婆说："是啦，她提前发情了。"

那一整晚，老两口都在聊怎么让波纳奇交配，该带她去哪里。

"咱们闺女家倒是有一只公羊，可有啥用呢？远水解不了近渴啊。"老太婆用苦恼的口气说。

波纳奇满怀希望地听着她的话，但马上就知道跟波万见面几乎是不可能的。她想象着现在波万跟她在一起的样子。

"咱们有欧桑，可他个子太小了，都够不到爬藤。草地上会有公羊来吗？"老太婆问。

"你想马上给她配种吗？再等一季吧，这孩子的屁股还不够结实。"老汉说。

"呃……她还会叫唤上一个星期的。老是听着这叫声，咱们这日子过不下去啊。去哪里找一只公羊吧。"老太婆说。

讨论了很久，他们都同意去邻村花钱找一只公羊配种。

第二天一大早，老汉抓住波纳奇，带她去了那里。她跟着老汉一路飞跑。她渴望见到波万，即使不是波万，也能找到一只像他的公羊。这只新的公羊会是什么样子呢？他会有像猫一样的圆脸吗？或是脸颊凹陷的瘦脸？他会像波万那样亲她吗？他会逗她开心，陪她玩耍吗？她一边跟着老汉跑，一边胡思乱想。

他们天没亮就到了。山羊们在一个大围场里溜达着。波纳奇惊讶地发现跟绵羊的羊圈一样，也有给山羊的羊圈。

一个长相年轻的人过来打开了围栏门。

“哎呀，大爷！这小羊长得跟虫子似的，她受得了吗？”

“她是小得像只虫子，也挺弱的，可为了交配爽一下，她啥都受得了。”老汉回答。

年轻人打开围栏，牵出一只老公羊。他给数不清的母羊配过种，脸上刻着疲惫。他的个头儿很大，表现出全无兴趣的样子，走过来站在波纳奇旁边。波纳奇嫌恶地转过脸。她闭上眼睛，发起抖来。过了一会儿，她感到一个沉重的东西骑在了她背上。她承受不了这重量，不到一秒钟，就瘫倒在地。公羊的阳具徒劳地射出精液。

“你咋就放开她了，大爷？”年轻人说。

“喂，你要是有小公羊，就找一只来吧。这孩子还小啊。”

“是你说她啥都受得了啊，这会儿你又想要只小公羊，我上哪儿找去？我以为你有经验，听了你的话。瞧瞧他，炮弹都给浪费了。好吧，我让其他公羊再试试，可你得付双份的钱，明白不？”年轻人说。

“没问题，我付四份的钱好了。即使她受得了，凡事也得有个限度吧？这头公羊也太老了。”老汉笑道。

换掉了太老的公羊，他们找来一只稍微有点儿老的公羊。这羊的个头儿很高，走过来时，只看得见他的腿。

“把她放在支架里，抓紧了。”年轻人说。

老汉把波纳奇推进一个支架里（支架是把木头捆扎好放在两边，前面放一个木栅栏，这是为了防止牲畜往前冲）。支架里放着一块木板。老汉把波纳奇放在了木板上，从前面的栅栏拉过来一根绳子，系在她的脖子上，让她动弹不了。接着，他站在波纳奇后面，掀开她的尾巴，抱紧她的身体。一瞬间，波纳奇感觉像有一根滚烫的棒子插进了自己的肚子里，然后马上就拔了出来，这就完事了。这就足够让她感到卑微和耻辱了。给年轻人付了钱后，老汉牵着波纳奇回家了。

波纳奇对整个世界感到恶心。一只脸都没露的老公羊跟她的身体有什么关系？她不明白。交配的快乐就这一点儿吗？跟波万也就这样而已吧。我为什么要生到这个世界上？波纳奇第一次这么想。

波纳奇跟其他羊一起在草地上溜达时，欧桑闻到了她发情的味道，跟在她后面。还有几只公羊也来蹭她。她没有为一只公羊抬过尾巴。她有点儿想给欧桑一点儿甜头，但早上的瘀青要过段时间才能消退，现在她不需要再来一次。

可怜的欧桑。要是她今天从了他，明天他没准儿就跟卡杜瓦炎一个下场了。她身心疲惫地走着，没精打采地吃草喝水。她不知道自己能不能再有快乐的回忆。要是跟波万交配，那会是一件快乐的事情。那么为什么要剥夺她的快乐？为什么在波万的村子里时，她就不能成年？想到一只干瘪的老公羊侵犯了她的身体，她就觉得怪怪的。切，想这个也没用啊。波纳奇晃晃脑袋，不去回想，努力把注意力转移到其他事情上。

第十六章

老太婆一直注意着波纳奇。一个月的时间，波纳奇的乳房下垂了些，皮肤上的粗毛变少了，身体也丰腴些了。

“这孩子肯定是怀上了。”她告诉老伴儿。

波纳奇感到身体发生了不少变化。她开始感觉肚子里坠坠的，总是饿得不行。老太婆给了波纳奇好多吃的，她吃个不停。她又吃到了小时候吃的东西——隔夜浸泡椰子渣饼的水，老太婆到处采摘嫩芽嫩叶，带回家给波纳奇。

从草地回来后，波纳奇会赶紧去看老太婆给她带了什么新美味。老太婆给波纳奇单独准备了一个篮子。有一天，波纳奇在篮子里看到一堆没熟的巴布果，绿油油的，像珍珠一样闪亮。又有一天，她看到一堆柠檬草。凤凰木树叶、山杧果叶、野鸡冠花，这些波纳奇都很爱吃。没人知道老太婆是什么时候、去哪里摘到的这些东西。波纳奇来者不拒，身体养得很好。

那一年的雨水微不足道。偶尔会下一阵小雨，也不过是在前院洒了点儿水而已。在这个季节，如果有几天下了一点点雨，虽然喝的水不缺，但是农耕就中断了。农民是根据雨水的多寡来种庄稼的，长出多少，就收割多少，以此维生。

老太婆把波纳奇当成亲生孩子一样照顾。她连女儿回娘家第一次生产时都没这样细心过。为了专心照顾波纳奇，老汉把卡杜瓦炎和皮桑带到集市上卖掉了。如今，羊棚和前院变得空荡荡的。不久，卡丽怀孕了，欧桑被骗掉了。现在只剩下了四只羊。他们不再到处玩耍，欢蹦乱跳的场景消失了。感觉时间像是凝滞了，就像渣饼一样。卡杜瓦炎和皮桑不可能还活着。老汉说把他们卖给了肉铺。

在他们女儿家，现在普鲁米很可能已经怀孕了。波万还在吗？他可能已经跟普鲁米交配了。曾经，他跟波纳奇是那样相亲相爱，会那么做吗？可话又说回来，尽管她爱着波万，但还不是得为了一只老公羊而抬起尾巴，普鲁米作为交配对象也不算差吧？她跟波万可是一样大的。但不管怎样，波万曾经更喜欢波纳奇的，这就够了。

欧桑运气不错，他是唯一还在吃塞米奶水的小羊。不过，老太婆不会让他把奶都喝掉。早上，她把欧桑的绳子解开后，他马上会去塞米那里，咬住她的乳房开始喝奶。一旦塞米的乳头开始涌出乳汁，老太婆会把欧桑拉开，绑起来。她会给塞米挤两三次奶，把罐子装满。在草地上放牧时，欧桑喝奶的机会来了。他在那里随时都能喝到奶。塞米会叉开腿，闭上眼睛，让欧桑喝奶，自己慢慢反刍草料。

但她不总是会容忍欧桑顶她的乳房。她会照着他的脸踢一脚，然后再走开。不管怎样，欧桑在白天起码能喝到三四次奶，但晚上就喝不到了。

老太婆每天给老伴儿喝少量的羊奶。远处一个农家的姑娘每天会过来把剩余的羊奶买走。跟这姑娘简单交谈后，老太婆得知姑娘家有人生病了，羊奶是用来补身子的。这样，老太婆也得到些贴补。

从第四个月一开始，波纳奇基本什么事都干不了了。走几分钟路，她就上气不接下气，得经常躺下来休息，不能长时间站着吃草。走到草地就费了天大的力气。

老汉看波纳奇这么吃力，跟老伴儿说："让她在附近吃草吧。"之前有几天下了雨，到处都长出了新草。但是新的草叶比较苦涩，她勉强只吃几口。

老太婆开始带她去附近的地里，把她拴在田边。她会把绳子弄短点儿，防止波纳奇够到高高的庄稼。波纳奇就在够得到的地方吃草，然后躺下来。老太婆不时会查看查看她。有时候，她会拿来米汤让波纳奇喝。熟的小米饭泡的水很好喝，波纳奇要是能喝到，就会喝到肚子快撑破为止。她很喜欢棕粟米汤，但是龙爪稷米汤的味道就很寡淡。

"你总是想吃味道好的，对吗？要是你怀着孩子也这么挑嘴，你的孩子会怎样呢？”老太婆疼爱地嗔怪着她，拍拍她的脸。她感觉真的像在照顾自己的女儿。

老太婆记着波纳奇跟老公羊交配的日子。她负责每天晚上把算过的日子报给老汉听。“八天加七天是十五天。两个十五天是三十天。四个三十天是一百二十天。现在已经一百二十天了。”有一天，她说。他们估摸着，再过十五天，波纳奇就随时要生产了。

一天晚上，老太婆问老伴儿：“凶神巴卡素兰跟你说，她一窝能生七只崽儿，是真的吗？瞧她的肚子，感觉像三只。她的屁股胀起来的时候，我能看到三个脑袋。”

“他是这么说来着。我从来没见过羊一窝能生七只。我确实见过生四五只的。就像你说的，这一窝准是有三只吧。养三只羊羔还算过得去，你不觉得吗？”

“对。我问你一个问题啊，这两年，我尽想着它了。请你老实回答，不要生气。”老太婆说。

“我咋会说谎呢？随便问吧。”老汉愉快地说。

“这孩子真的是凶神大人给你的吗，还是你看见她躺在草丛边，就把她带回来了？”老太婆说。

“什么话，老太婆！你老是不相信我。咱们都活不长了，你到现在也不信任我，但我还是要告诉你。听着吧。那是太阳下山的时候，我看远处有个影子在动，像是一棵又高又粗壮的大树。太阳下山的时候，影子会拉长吧？我觉得那个影子就是那样的。影子慢慢向我靠近时，我眯着眼睛看过去。那个人很高，差不多有棕榈树的一半。要是你看见他，你会以为他是大妖怪，要往你腿上撒尿呢。”

听老汉讲这故事，波纳奇满脑子都是疑问。我怎么会到了凶神的手里？我妈妈在哪儿？这些怪物住哪里？我能见到妈妈吗？我又不大，对吗？难道凶神照顾不了我？可谁知道他有什么难处呢，波纳奇心想。

老太婆算得没错，波纳奇在一个下雨的傍晚生产了。一开始，疼痛还算轻微，但很快就加剧了。她一会儿躺下，一会儿站起来，总不得安稳。老太婆进来，在篮子里放了些东西。波纳奇都不想看看是什么。她频频地大声叫唤。因为是头一胎，老太婆知道生产会很困难。可疼得这么厉害，波纳奇一定是有什么问题了，她想。

她耐心地等到天黑，一切都安静下来，然后解开了波纳奇的绳子。波纳奇走出羊棚，在门口躺下。然后站起来，在老太婆床下躺下。她站起来，在老汉在墙角堆的一堆干叶子旁躺下。她站起来，又去躺在了卡丽身边，卡丽依偎着她，轻轻叫了一声安慰她。波纳奇站起来，在欧桑和他妈妈当中躺下。他们感觉到波纳奇的痛苦，同情地、怜悯地看着她。她站起来，然而这些都没用。不管怎么叫、怎么打滚儿、怎么躺下和站立，她还是得独自生娃，其他羊并不能让她轻松些。

老太婆被波纳奇的烦躁不安弄得很紧张，跟老伴儿说："去村子里把接生员找来吧。看她这么受罪，我受不了。兴许她肚子里有崽儿倒过来了。"

"你都不耐心再等会儿，弄得好像她是你闺女似的。"老汉自言自语着，准备出发。

老太婆从狗叫的声音估摸着他走的路线。她疼爱地抚摸着波纳奇的脑袋，哄着她："再忍一会儿，接生员马上就来了。”

看样子，老汉一路上就跟每个人广播了波纳奇产痛的新闻。五六个女人出现在老两口的茅草屋里。有了气氛热烈的说话声、喊叫声，前院里热闹起来。有些人回忆起自家山羊严重产痛的往事。

她们的出现对老太婆来说是巨大的安慰。她点亮了一盏大瓦灯，放在前院一个安全的地点，以保证不会被风吹灭。她觉得到处走动对波纳奇没什么好处，于是就把她拴在床腿边。这下，波纳奇就在一个地方躺躺站站了。

“咱们在这儿唠唠过去的事，那可怜的孩子还在受苦呢。”一个女人说。

“是啊，头疼脑热的，只有自己得了才知道。”另一个女人附和说。

“大姐，下过蛋的母鸡才知道屁股眼火烧火燎的有多疼哪。”另外一个女人又说。

在说笑声中，能听到老汉从远处走来的声音。看样子，接生员跟他一起来了。据说，这位接生员的手法特别灵验，不管羊有什么问题，都能马上药到病除。他会在手上抹点儿蓖麻油，把手伸进山羊的产道里，把羊羔一个个拽出来，而不会伤到他们和母羊。他一来，老太婆就放心了。两个人越走越近，波纳奇越叫越响。老太婆跑过去看她的情况。

原本站着的波纳奇仰面躺下了，两条后腿叉开，在使劲儿推挤。老太婆把灯火拿得离她近些。第一只羊羔像一团面粉似的滑出来，掉在地上，身上有一层薄薄的黏液。老太婆把羊羔抱起来，擦掉黏液，让他呼吸。

“凡事都需要一定时间，着急也没用的。”有人说。

奇迹是很少发生的事情，
要是经常发生，
就成平常事了。

下篇

第十七章

跟第一只羊羔出来的速度一样，其他羊羔一只接一只地也出来了，一共四只。波纳奇想慢慢站起来。老太婆伸手把她扶起来。波纳奇一站起身，就去舔羊羔的全身，先是舔掉黏液层，然后舔干皮肤。羊羔个个像毛毛虫一样，肥嘟嘟的。

“啊，要是肚子里有四只羊羔，这么小是正常的。”有人说。

接生员来到前院，看到了羊羔。他掀开波纳奇的尾巴，看看她的产道。“里面还有羊羔呢。”他说。

“什么！”他周围的村民惊呆了。

但老两口不觉得惊讶。毕竟，凶神告诉过老汉，她一窝会生七只羊羔。

接生员可不是一般人。他家世代都是接生员。他虽然还不到五十岁，但他从小就帮着爸爸接生，经验很丰富。老两口相信他的话是真的。不过，波纳奇忙着舔四个孩子，好像万事大吉了似的。其他看热闹的人都以为接生员估计错了。看样子，波纳奇沉甸甸的肚子已经消下去了，又变空了。可过了几分钟，她又感到一阵痉挛，又想躺下来了。

她躺平后，看了看身边趴在地上的羊羔。接下来，她还没反应过来，就又使劲儿了。两只羊羔接连滑了出来。波纳奇自己又站了起来。

挤在波纳奇边上的一个女人说：“这太奇怪了吧？她生孩子跟拉屎一样。”

波纳奇把两只新出生的羊羔全身舔遍了。接生员用手指触摸、按压她的肚子，检查她的子宫，里面还是黏黏的。“生完了。”他说。

老太婆在给羊羔们挨个儿擦身上沾的黏液。波纳奇一直在舔他们，把他们的皮肤舔干。

六只羊羔：四只公的、两只母的；四只跟波纳奇一样是全黑的，其他两只是棕色的。羊羔们在灯光下扭着、叫着，看着真叫人开心。老太婆把油灯连着挡板一起端起来，在灯光下看每一只羊羔。黑色的羊羔眼睛亮晶晶的。大家都走过来瞅羊羔，然后坐在后院里继续聊天。

“六只羊羔，你们得好好照料他们了。”接生员跟老太婆说，然后准备离开。

突然，波纳奇又躺下了，又一使劲儿。一只羊羔再一次滑了出来，掉到了地上。跟着，脐带散开来了。看来接生员搞错了，他呆了几分钟。因为脐带出来了，这一窝肯定不会再有羊羔了。不过，他说话有些迟疑：“七只啊？”其他人跟接生员一样震惊。

“凶神的话可真是灵验。”老汉自言自语。这下，老太婆总算是相信老伴儿说的是实话，而不是编的。

第七只羊羔跟波纳奇一模一样。她跟从前那个傍晚老汉回家交到老伴儿手上的波纳奇的大小、形状、颜色是一样的。波纳奇可能是她妈妈那一窝的最后一只崽儿，老太婆心想。

“你真是撞大运了。”一个女人说。

其他在场的人都跟她想的一样，她的声音里分明透着嫉妒。

“下多少雨、生几个娃，连梅萨爷都没法儿预测到呢。”接生员说。他的话是为了掩盖自己的预测失误。

波纳奇把最后一个孩子身上舔了舔。她的舌头干了。老太婆在泥炉子上生火烧水，从缸里抓了一把珍珠稷，泡在水里。水烧到温热时，她从炉子上拿下来，把珍珠稷放上去，用温水把波纳奇身上的血迹清洗干净。

接生员要走的时候，说：“一窝七只是一件奇事，要赶紧去报告官府。要是明天才去，他们会问东问西的。一只山羊怎么可能生七只崽儿？你在耍什么花招？你从哪儿偷来的他们？不管你说什么，他们都会说你撒谎，把你投进牢房。”

“没错，大爷，现在就去吧。如今即便是放个屁，也得跟官府报备啊。”一个女人说。

“没准儿会有律条规定只准咱们一天放两次屁呢。”另一个女人说。

去找朝廷的公仆对老汉来说始终是个大难题。他连跟职级最低的小吏说话都害怕紧张。这次他是不可能让老伴儿代他去了，于是他恳求接生员陪他去。衙门会相信接生员的证明。

两个男人前脚走，来客们后脚也都走了，只剩下老太婆、波纳奇和羊羔们。

现在，所有羊羔都想慢慢站起来。老太婆害怕像上次野猫来抓波纳奇一样，黑夜里会有野兽溜进来。她必须保持警惕。她深感责任重大，于是便忙活起来。她把煮好的珍珠稷摊在畚斗上放凉，接着把煮珍珠稷滗出来的水倒在锅里，放到炉子的热炭上。要是羊羔们都站起来乱走，她在黑暗中怎么找得到他们呢？她感到手足无措。

她把放着熟米饭的畚斗端到波纳奇面前。波纳奇一闻到香味，就感到饿坏了。她大口吞吃着温热的米饭，老太婆都拿不稳畚斗了。不一会儿，波纳奇就全吃光了。接着，老太婆把米汤从炉子上拿下来。波纳奇喝了米汤后，干瘪的肚子似乎又鼓起来了。她有了一点儿力气。从子宫里流出来挂在体外的脐带自己掉到地上了。老太婆把它捡起来，放到一个篮子里盖好。等老汉回来，她会让他挂到菩提树上，这样，波纳奇出的奶水就会很足了。

羊羔们一直要站起来，又摔倒，跌跌撞撞的。她把他们一个个捡起来，带给波纳奇，把他们的嘴巴放到波纳奇的乳头下。只要有羊羔碰到波纳奇的乳头，她整个身体就感到刺痛。她受不了这种感觉，踢了踢腿。

“你连给自己的孩子喂奶都会疼啊？”老太婆责怪道。

波纳奇用脚轻轻扒地，站起身来。当羊羔们咬住乳头喝奶时，刺痛的感觉消退了。羊羔们喝了几口奶后，嘴巴没力气了，不愿意继续喝奶。等老太婆把七只羊羔一个个都喂好奶，已经累得筋疲力尽了。

波纳奇能让七个孩子都喝到奶吗？要是她的奶水不够怎么办？要是羊羔们往四处跑，我怎么能抓住他们，让他们待在一个地方呢？老太婆心里满是疑问。

她把所有羊羔放进一个大篮子里盖好。波纳奇马上就叫了起来。老太婆打开篮子，放在波纳奇面前。“咩——咩——咩——”她呼唤自己的孩子，小羊羔们也回应了她。正当老太婆发愁要把羊羔放在什么地方，可以方便看着他们时，她听到前院传来老伴儿的脚步声。

他说负责扎耳朵的官员知道了。“你竟敢到我家里来？”他们求见他时，这位官老爷骂他们。他把门用力摔上，进去了。过了会儿，等他们赔着笑脸把事情跟官老爷的夫人解释以后，她给他传了话，把他请了回来。当他们跟他说了七只羊羔的事情时，他根本不相信。

“七只？是吗？当真？”他问了他们好几次。即使接生员证实了，官老爷也不愿意相信。

“七只羊羔啊？”他说，“这对官府来说是奇事一件。我要向上级汇报。”他说明天会来看这七只羊，在日历上记下了。

第十八章

养活七只羊羔，波纳奇和老太婆都很劳神费力。波纳奇吃得再多都不够，营养都随着乳汁流失了。她的孩子总是在喝奶，她几乎一直叉开腿站着。老太婆到处奔波，找来各种东西给波纳奇吃。养这七只羊羔让她忙得没日没夜。让塞米给这些羊羔喂奶可不容易，一有人接近她，她就叫着逃开。塞米曾经给波纳奇喂过奶，如今又得给波纳奇的孩子喂奶了。

老汉会抓牢塞米的脑袋，掰开她的嘴巴，把手伸进去，用手指紧紧按住她的舌头和下颚。塞米没法儿挣脱，只好站住不动。老太婆把她的后腿分开，让羊羔们钻进去喝奶。她把他们分成了两组：四只喝波纳奇的奶，剩下三只喝塞米的奶。每天早晚两次，都是一场忙乱。老太婆就像过去喂波纳奇那样，也用喂食管给羊羔们喂米汤，还让他们喝渣饼水。羊羔们在前院里爬来爬去，四处玩耍。每个人迈步时都得小心着，要是有人踩到其中一只羊羔，即便很轻，他的小命也会没的。

一天晚上，老太婆说："照料这些神奇羊羔把咱们的生活都给毁了。"

"远看是神奇，近看就成了麻烦。"老汉叹息着说。

"是啊，凶神咋会把这个鬼东西交给咱们？为啥要让受不起压力的人挑重担？"

"我也在想这问题，没道理啊。"

"没准儿那人是凶神派来给咱们捎信儿的？"

"咱们是什么要紧身份，天神会想到给咱们捎信儿？"

"也对。"

“咱们本可以把这些崽子送走，只留两只母的。”

“咱们没这么想过是吧？就连咱们这种穷苦人都想把这些苦命崽子留在身边。人心哪，得到多少都不满足。”

“再说一遍。”

“这人心哪，得到多少都不满足。”

“他把波纳奇给咱们，是要咱们懂这个道理吗？”

“懂了有啥用呢？”

“也对。”

“他让咱们遭这么多罪，就为了让咱们明白道理？早知道这样，就把她交给别人，咱们接着过日子了。为啥非要懂个道理？”

“要是她下一窝再生七只，咱们就送走。”

“咱们要把这个祸害玩意儿留到生下一窝吗？”

“没办法。她是别人交给我们照看的宝贝东西。不管怎样，咱们都不该把本钱给卖掉啊。要是凶神过个一两年回来了，想知道咱们有没有好好伺候她，咱们怎么回答？”

“就跟他说，咱们把她卖了，把钱花了。”

“咱们可狠不下这个心。”

“咱们又不是他的奴才，对吧？”

就这样，他们又聊了一会儿，但还是拿不定主意。他们一辈子遇到各种难处，怎么做都免不了受苦。连雨都在跟他们玩儿捉迷藏。他们能怎么办？他们这样的穷人怎么维持生计呢？

波纳奇长得更瘦了，肚子瘪了，眼窝凹了，都没有力气张嘴叫唤了。现在，每当孩子们去够她的乳房时，她会踢踢腿，然后跑开去。她很少为了他们而站着不动了。没有办法，羊羔们开始啃草吃了。

同时，塞米怀孕了，欧桑被卖掉了。卡丽生了一小窝：两只羊羔。看着两只羊羔各自咬着一个乳头，母羊闭上眼睛站着反刍食物，波纳奇很羡慕。她从来就没这个好福气。

有时她会担心自己的乳头被羊羔们一直咬啊拽啊，会不会已经被扯破了。她的乳房特别红肿，感觉乳头里滴出来的不是奶，而是血。

不知不觉，羊羔们渐渐长大了。他们在前院蹦跳玩耍时，波纳奇会惆怅地看着他们。草地上的其他山羊不是白的，就是棕的，而她的孩子走动时就像是单独的一队，跳来跳去的，好像黑暗本身在移动。她喜欢幻想草地上都是自己生的孩子。再生两三窝，她的后代就会占满整个草地，她骄傲地想。但她也不知道自己能不能承受再生几窝的痛苦。

这一窝中的三只小母羊都很抢手。有大羊圈的主人过来找老汉，说他们对这三只小母羊很感兴趣。有些女人找到老太婆，说些奉承话，走的时候再提要求："这三只小母羊里头，您非得卖一只给我啊。"

因为这些小母羊有着一窝能生七只的血脉，这样，她们所在人家的山羊数量就会猛涨。但他们知道自己是养不了这些羊羔的。不过，阿修罗是一个富庶的地方，有大量山羊，还有牧羊的奴仆，给羊羔安排奶水、照料他们是没有问题的。

把羊羔卖给谁，老两口拿不定主意。

一天晚上，老汉说："再过一个月，闺女村里的年节就到了，要赶这么多羊羔去，咱们怎么走啊？”

老太婆仔细琢磨了一下。去年的路上最后成了一场磨难。波纳奇困在了森林里，乌祖姆班被打死，这些变故让他们吃的苦头，到现在她都心有余悸。可是他们又不能不去女儿家。要是在年节期间去了，老太婆能帮帮女儿，她婆家也能把手里剩的钱接济她一些。

老两口坐着聊了大半夜，最后拿定了主意。

塞米大概过一个月就要生了，带她上路不容易。她一旦生了，也不能带着羊宝宝出远门。于是他们打算把她卖掉。波纳奇生的小公羊还不够强壮，再让他们吃两三个月的草，就能找到买家。但现在小母羊特别抢手，可以把三只都卖了。

一拿定主意，老汉就问老伴儿：“这些崽子的血脉很特别，要不要送咱家闺女一只？”

老太婆有些不情愿。

“把羊羔卖给村子里其他人，自家的闺女一只都不给，她不会伤心吗？她老公和婆家会咋看咱们？”老汉很坚持。

但老太婆坚决不同意。她的女儿日夜无休地操劳，还有小孩子要养，家里也有牛羊。虽说她家的地很少，但活儿干不完。这样她怎么能照料一窝七只羊羔呢？老太婆不希望女儿受和自己一样的苦。她安慰老伴儿说，要是女儿表示心里不好受，她会跟女儿谈谈，把这事周全好。

奇迹降临在老百姓身上有什么意义呢？他们没有能力保全它、呵护它。他们可以看到、听到奇迹，跟别人津津乐道一番，可他们没办法把奇迹留在家里，伺候它。尤其是妇女，会遇到没完没了的困难。她女儿能伺候多少条生命呢？老太婆觉得，见面时可以跟女儿解释一下，让她谅解。

第十九章

离他们出发去女儿的村子只剩下一个月了，因此老汉觉得要马上把消息传开为妙。他可以把羊羔卖给出价最高的人。因为竞争激烈，他们打算不把熟人和生人区别对待。村民和附近的熟人都会不高兴，但是老两口也不欠他们的人情。虽然每个人都想要羊羔，可过去也没人提出要给老两口帮忙，一切只能靠自己。

虽然卖像塞米这样的普通山羊需要去集市，但老汉卖这些羊羔的方法不同。他最先在草场上说了想卖这三只小母羔子，之后这消息传到了村子里，从那里，消息传遍了四面八方，就像当时波纳奇生七只羊羔的消息传播的速度一样快。每天会有十个人来他们家，他们大都明确说，只有免费送羊羔，他们才肯要。

“哎哟，这崽子就像个长了脑袋的酒壶，你还开这么高的价。”有人说。

“没错，她没准儿会生七只崽儿，可生的是羊崽子吗？”另一个人说。

老汉跟每个人耐心解释：“咱们没能力好好喂养他们，”他说，“要是你给他们喂饱肚子，每只崽儿都能长得跟小牛一样大。”

来找他的人大都是商人，老汉熟悉他们的套路。他们要是想买什么东西，会尽可能压低价钱。他们会来四五个人，一个接着一个，用一样的说辞，要是其中有人能贱价买到东西，他们就得了意。他们会噘着嘴，一言不发就走人；他们会搞得卖家心慌，担心东西总也卖不掉。

老汉知道他们的花招。不管怎样，他都打定主意，不会卖给商人。不过他没把这话告诉别人。他客气地接待这些商人，每当他们恐吓他时，他都会装得很慌张。他装作担心羊羔总也卖不掉的样子。关于养羊羔付出的成本，他给这些商人报了各种夸大的数字。他告诉这些人，他单单为了给羊羔喂奶，就花了好多钱。他抱怨说，为了让母羊有奶水，他买了上好的饲料给她吃。要是连这些花费都填补不了，卖羊羔有什么意义，他伤心抹泪地问他们。

这些商人被搞得晕头转向。他们知道，养羊人是不太会演戏的，搞不明白老汉说的话到底是真是假。他报的价钱确实特别高。经验老到的老汉知道，只有这样，才能提高买方的出价。过后，他不再说话，摆出愠怒的模样。他昂头站着，表情让人捉摸不透。他让想看羊羔的人直接去草场。

自从消息在村里村外传开后，刚开始十五天没有成交。现在只剩下十五天了。老汉担心，他有可能只能按照别人出的价钱卖羊羔。更让他糟心的是，老太婆天天都在埋怨他。她不能理解他的计策。她说他是“贪心鬼”，怪他“卖不掉羊羔，把她搞得魂儿都没了”。好像要证明她是正确的一样，商人来得不太频繁了。他们假装失去了兴趣，只是为了过后趁机杀价。

一天傍晚时分，老汉准备结束牧羊回家，正在认真考虑自己的方法到底对不对时，一个远乡来的人出现在草场上。他的言行举止表明他来自富裕人家。这位陌生人上下打量了老汉，看看他长长的遮羞布和光着的身子，接着，他看看羊羔。这时候羊羔们吃饱了肚子，正在玩耍，互相顶脑袋，从彼此身上跳过去。陌生人没有走近他们，但吁了一口气，像是在可怜这些羊羔的生长环境不太好。他同情地看着波纳奇。

然后，他直接问老汉：“你要不要报个连母羊带小崽儿的价钱？”

“不行，只卖三只小母羊。”老汉怒声回道。

“什么价钱？”来客问。

老汉报了三只羊羔的价钱。

“好吧，这个价我给。不然你把四只小公羊跟小母羊一起卖给我？我给跟小母羊一样的价钱。”他说。这时候，老汉才发现这位陌生人不是什么来摸底的商人。他来是有目标、有想法的。老汉注意起来客的话来。他原先觉得，即便是要按一般的价钱把小公羊卖掉，也还得再放牧两三个月的时间才行。没想到他能拿到跟小母羊一样的价钱，那还争什么？他决定不跟这位来客拖时间了，不再使出“要问老伴儿”这个往常的借口。“把七只崽儿一起拿走吧。”他跟来客说。

来客盯着波纳奇，问：“这母羊你报什么价？”

“你看看！你这是要把我的本钱抢走啊。就是给我们几块金砖，我老婆也不舍得把母羊送走。”老汉说。

但他并不是很肯定。老伴儿为了把这些羊羔拉扯大，遭了多大的罪，她说不定连波纳奇都愿意卖，老汉心想。要是波纳奇再生一窝，养那些羊羔会更加辛苦。于是他跟陌生人说：“我跟我老婆说一声，再告诉你吧。”

陌生人紧跟着老汉走，但在离老两口家还有点儿距离时停下了。他让老汉在跟老婆商量过后再叫他，他在原地等他来。这个人真有礼貌，老汉心想。回到家后，他来不及把羊拴好，就跟老伴儿说了陌生人的提议。老太婆也觉得很惊讶，但她不同意卖波纳奇。

“咱们再等到下一窝吧。”她说。

即使吃苦吃不完，也要抓住自己的财产，这种做法是靠地吃饭的人所独有的。“等等吧。”他们会说，“再忍几天。”而且他们会把做决定的时间一推再推。这种习惯在老太婆身上也很顽固，但是她同意卖掉小公羊。

老汉寻思着，是不是价钱报低了。

“行了！你真是贪心不足。要是这笔买卖黄了，咱们上哪儿找买家去？去喊他来，告诉他‘你就是咱们的救星，把崽儿们带走吧’。这人心哪，得到多少都不满足。”

“好吧好吧，我忘了这话。这人心哪，得到多少都不满足。”

买家看到老汉挥手的信号，就过来了。当他得知母羊不卖时，并没有逼迫他们。老汉算好账，他就给了一张大面额的票子。老汉没钱找给他。

“不用找了。”买家跟老汉说。用找的钱都能再买一只崽儿了。老太婆急着要找给他钱，从罐子里把所有硬币都掏出来给他。

那个人说：“要是她生了下一窝，给我带个话。我会再买一两只。这钱就当是预付款吧，你先拿着。”

他的笑容让她明白，他的话是真心实意的。就在这时，一辆由两头水牛拉的车到了，上面有两个人，好像是跟随这位陌生人的仆从。他们下了车，抓了羊羔，把他们放到车上，然后把每只羊羔都拴在一个桩子上。

波纳奇不明白周围发生了什么。当看到自己的孩子被人装上车时，她心急如焚，叫着跑向他们。羊羔们也弱弱地叫唤着妈妈。小羊在车上叫，波纳奇在车下哭，前院里声响很大。

“你这羊闺女说想去我家呢，大妈，要不就让她去吧？”陌生人说。

“要是我让这闺女走了，我上哪儿讨奶去呢？”老太婆回说。

“你不能只因为这缘故，就一直把她留在家里啊。女孩家总有一天是要到别人家去的。”这位来客说。

这人挺会说话的，老太婆心想。但她不肯让步。“她就是嫁到咱家来的媳妇呢，来为咱家开枝散叶的姑娘。”她满是自豪地说。

她抓紧了波纳奇脖子上的绳子。羊羔们还在号哭，牛车就启动了。波纳奇叫着，拽自己的绳子。老太婆把她拉到羊棚，拴在柱子上。

“你干吗闹这么大动静？我把女儿嫁掉后，在家也是孤苦伶仃的。孩子成了人，就飞走了，咱们不该操这份心。”

老太婆跟波纳奇说了好久的话。然而，这一晚，波纳奇还是在泪水中度过的。曾经前院里满地都是她的孩子，而现在他们消失得无影无踪了。她为了抚养他们，在六七个月里奉献自己的乳房，挤出了血水，可有什么用？一个孩子都没留下给她瞧瞧。为什么只有她才会遇到这种事情？

孩子在的时候，她有时觉得没有他们比较好，但是那是无助感造成的。过去几个月，陪伴孩子成了她全部的生活。她的存在总算有了一些意义。如今，这一切都被粉碎了。波纳奇受不了这种损失，哭得很大声。她觉得，她的哭喊能传到远方那个牛车里，传到孩子的耳朵里。

那一天以后，老太婆不再跟波纳奇说活了。她既不责骂她，也不想管她。她由着波纳奇哭得撕心裂肺。最后波纳奇会冷静下来的。

老汉高兴坏了。手里有了一大笔钱，给女儿家买礼物的花费可以比预想的阔绰些了。他寻思着用剩下的钱给自家的那一小块地做点儿整修。

但首先，他必须把卖掉羊羔的事情报告给办事衙门，登记这笔交易。他决定搭牛车跟陌生人和他的随从一起走。在路上，他们聊了一会儿。不但小母羊一次能生七只崽儿，连这个品种的小公羊都可能生殖力旺盛，配种生出七只崽儿。老汉明白，这是买家的期望。买家的想法是让每只小公羊跟不同母羊交配，看看一窝是不是能生七只崽儿。让他试试吧。有钱人是可以为所欲为的。

完成手续后回家的路上，他碰巧路过一家首饰店。有好多年了，他老伴儿都希望他买一对花形的耳钉和一串金链子给她。老婆年轻时，他买不起，但卖掉波纳奇的羊羔刚得到的这笔钱激起了他从来没有的挥霍渴望。他进了店，给老伴儿买了耳钉和金链子，给女儿买了金手镯，给外孙女们买了项链，给外孙买了一条金腰带。还剩下一点儿钱。这么多年辛苦劳作，但他从来没有过这么多收入。他感动得想给凶神造一座庙。

看到老伴儿买的首饰，老太婆很激动。她试着戴上耳钉和项链，害羞得像个新嫁娘。她觉得这是波纳奇带来的礼物，那天晚上，她特别疼爱地抚摸波纳奇。老两口因为自己的好运气而兴奋得睡不着觉。波纳奇因为一下子失去了所有孩子而悲痛欲绝，也睡不着觉。

第二十章

这一趟旅程跟去年大不一样了。羊群只剩下了四只羊：卡丽、她的两个孩子、波纳奇。老汉给两只小羊的脖子上也套了绳子。这样，老两口走路时就得一人牵着两根绳子，一手一根。他们一直不让羊随便走动，连给他们吃草时，两人都在两边把守着。只有把羊拴在食物充足的地方，他们才敢吃饭、躺下歇息。

路上，老两口欣喜地发现了他们这只黑山羊的新用处。

在羊羔被卖掉前，波纳奇会定时喂它们奶。如今，他们每天早晚用水清洗她的乳房，从里头挤奶。波纳奇每次都能产一大罐奶，这下，他们才发现她是产奶量很高的品种。之前他们都没机会挤她的奶。老太婆只记得波纳奇给羊羔们的奶从来都不够。现在她猛然一惊，想起波纳奇是要给七只崽儿定时喂奶的。

老两口在路过的村子把羊奶卖掉。要是不凑巧，他们就每人喝一点儿，解解饥饿。老汉从来没喝到过味道这么好的羊奶，就像是放了砂糖煮过的一样。他逼着很讨厌羊奶的老伴儿也喝点儿。这奶没有一股酸臭味，像是阿修罗人无福享受的那种蜜糖。一旦他们带的路上吃的干粮没了，波纳奇的奶就成了一路上让他们减轻饥饿的东西。现在他们觉得波纳奇确实是个奇迹。

波纳奇觉得这趟旅途特别无聊。去年的路上是非常开心的。那时她脖子上还没套绳子，而现在有一条长长的绳子，另一头系在拴羊的桩子上。她只能走到绳子允许的地方，要是再想往前走，绳子马上就会把她往回拽。没人在一旁时，她用牙齿使劲儿啃咬破坏绳子，想摆脱它，但事实证明这是不可能的。这绳子是老汉亲手搓了剑麻编好的，用镰刀才能割断。等绳子磨坏、自己断掉时，他会再做一条绳子。

老两口对她的关爱就只用这条绳子来表达了，波纳奇心想。当老太婆觉得照顾羊羔辛苦时，她曾经随意辱骂波纳奇，说她是妖精、魔鬼。等她因为卖掉羊羔而得了些钱，她马上就变了。现在她把所有首饰放在腰包里，藏在纱丽下面。以前老两口从来都不怕贼，而现在走路特别小心，总害怕被打劫。一喝完波纳奇的奶，老太婆就会柔声细语地跟她说："你真是咱们家族的保护神，就是梅萨爷他老人家。"波纳奇看透了她的那些伎俩，可除了乖乖被绳子牵着走，她还能做什么？

一直以来，波纳奇都忘不了波万。她知道波万不可能还活着，这时候，他们应该早就把他卖到肉铺去了。要不然，他们就是把他骗了，把他变成了一团没有生气的肉。还有谁能代替他在波纳奇心里的位置？她只能带着没有他陪伴的落寞心情度日了。这趟旅程和她的内心一样索然无味。

波纳奇对一切都深感厌恶。

这时，当他们在路上一个村子里停留期间，一个村民认出了老汉，问道："是这只神羊一窝生了七只崽儿吗？"老汉点点头。

这人立马走到波纳奇边上，把她浑身摸了个遍，还弯腰去查看她的乳房，把她当成展览品对待。他还告诉老汉，他想到村子里再带几个人来看这头神兽。

老汉马上有了个主意。"抚摸、观看一窝生七只崽儿的神羊要付费。"他宣布。

就这样，他开始收来客的钱。大多数人情愿远远地看上这羊一眼。他向想摸她的每个人收一文钱，但收到的钱远远低于他的期待。波纳奇觉得这样做对她有好处，不然就会有多得多的人跑来没完没了地摸她，把她的精力耗尽。

在接下来的几个村子里，老汉还是一样宣布，向来客收钱。这些钱在零食花费上派了用场。

"这人心哪，得到多少都不满足。"老太婆说。

"对喽。"老汉笑着同意。

跟波纳奇的担心相反，波万还活着，他们也没把他骗了。他的身体膨胀了，脸看着比他的年纪要大；圆脸还是一样的，但隐隐透着疲惫，他的肤色变亮了，很耀眼；脸上的痣缩成了斑点大小；角又长又直。不过，普鲁米不见了。他们准是把她卖掉了，要不就是拴在其他羊圈里。波纳奇不知道。

波万和波纳奇之间有十步的距离，但她还是可以仔细观察他。波纳奇的到来让波万非常开心。一开始，他时不时会瞄她一眼。

我的变化就这么大吗？她想着，自己检查起自己来。也许是没错。上一次来这里时，她还是一个没成年的小姑娘。现在她成了母羊，一窝生了七个孩子，把他们养大，然后一下子又全失去了他们。经历了这世上的种种苦难，她疲惫不堪。是因为她的样子又老又憔悴吗？她为了证明自己，大声叫唤起来。虽然她的样子变了，但波万从声音认出了波纳奇。在那一刻，他感到从前失去的一切仿佛又都回来了。

一旦认出彼此后，他们便忘记了脖子上的绳索，使劲儿拽着。波纳奇迈了一大步，伸长脖子。波万也够着头，把脸凑近她的脸。他们的嘴碰到了。波纳奇能清楚地听见他的呼吸声。要不是有绳子，她会把头靠在他的脖子上，痛哭一场，宣泄一下悲伤。当他的嘴亲吻着她努起的嘴唇时，她快乐极了，回忆起他过去的亲吻。

“这两只羊咋使这么大劲儿拽，绳子都快断了。”有人说着，在波纳奇脸上拍了一掌。波万也挨了揍。波纳奇马上就退回了绳子允许的范围内。

那天上午晚些时候，他们去了草场。家里的羊都在一起吃草。波纳奇和波万身上都有绳子把脖子和前腿绑在一起，但这不妨碍他们在一起。他们一整天都肩并肩地吃草。跟去年一样，波万把好吃的草和叶子都指给她。

难道我们村子里没这些植物吗，还是就因为没人告诉我上哪儿找，所以我不知道？波纳奇心想。尽管脖子和前腿被绑住了，但波万还是抬起一条前腿，仰着头，带她去各个地点。休息的时候，他们并肩躺下，依偎在一起。波纳奇觉得，她好像已经向波万倾诉了这一年来的种种遭遇，而他也完全听懂了。

“根本没想到你还活着。”波纳奇说。

“我自己也没想到能活下来。公羊是随时都可能受死的。我们为了让人吃肉而死，为了祭祀而死。我之所以活着，就是为了现在这个时刻，就为了能跟你在一起，哪怕只是巧遇。”

波纳奇回答：“你以为母羊就好过些吗？受生养孩子的苦还不如死呢。现在我见到你了，我不再怕死了。”

他们说着各种各样的话题。傍晚，羊倌把他们赶回家。虽然波纳奇不想回家，但因为有波万在，她勉强往前走。

看到羊群走过去，老太婆问她女儿：“儿啊，你记得咱们留给你的那个普鲁米吗？她怎么不见了？”

女儿低声跟母亲说：“别问了。我家小姑子来走亲戚，估计她跟我老公说自己家里没有羊，所以我老公让她从咱家带一只走。那会儿，普鲁米怀着身子，看着挺健康的。我想拦着，说她是我娘家送的礼物。但我老公笑着说‘难

道我妹妹不该得到她娘家的礼物吗？’为这事，我上哪儿去哭一场呢？”

看到女儿流泪了，老太婆安慰她说，家家都有这种事的，要消消气，别记在心里。

普鲁米不在，波纳奇很高兴。然后她想到，波万可能让普鲁米怀过孕，就有些郁闷。不过，她怎么能指望波万在这么长时间里保持独身呢？这不对，她告诉自己。

那天晚上，他们无意间把波纳奇和波万拴在了一处。波纳奇感到身体里产生了深刻变化。这跟去年她离开波万几天后感到的痛楚是一样的。波万也敏感地嗅到了她身上散发的新气味。他欣喜若狂地靠近她。

她没有发出一丝丝声音，没有大声呼唤，也没有惨叫。波万就在她身边，她把身体完全交给了波万。波万快乐疯了。波纳奇感到他在一点儿一点儿地进入她，她强烈渴望着抓紧他，把他留在身体里。

波纳奇好希望这一晚永远不会结束。波万使出浑身解数满足她的欲望。他帮助她了解了自己身体的秘密，他也让她探索他身体里的新奇之处。过了很久，他们才躺下来休息，即便这时，他们也无法入睡。波万一直用舌头爱抚波纳奇的身体，波纳奇也回应着他的亲昵。终于，他们闭上眼睛，沉沉睡去。

就在这时候，附近发出奇怪的声响，所有羊都被吓醒了。离天亮还有好几小时，只有波纳奇和波万还在睡，对周围的情况浑然不知。他们端着灯过来，弄醒了波万。他们把他的绳子从桩子上解开，把他拖走了。波纳奇只能无助地哭叫着。担心自己可能有生命危险，所有羊都哀叫起来。

在混乱中，波万听见了波纳奇的叫声，他回应的呼唤钻进了她的耳朵。他在说什么？他在跟她说，我马上就回来，别担心吗？

不，他的声音里透着离别时的巨大悲伤。他的悲鸣穿过横亘在他俩之间的黑暗鸿沟，传到她的耳畔。

大半夜的，他们要把他带去哪里？他们不喜欢波万老是跟她在一起吗？为什么跟他们毫无关系的人有权决定谁应该跟谁交往，谁应该跟谁在一起？波纳奇没法儿继续睡了。她呆呆地站着，看向波万离去的方向。

早上，波万回来时变成了一具没有生命的尸骸。他们把他的尸体塞进篮子里，带回了家。当他们把他扔在前院的茅草棚顶上时，波纳奇才看到。他的脑袋没了，也许在篮子里吧。

波纳奇别过脸去。夜里鲜活的波万，现在成了一具尸骸。这是强烈吸引过她、进入过她的那个身体吗？怎么会这样？他们承诺过，要把他献祭给梅萨爷。当年节快结束时，他们把他杀掉了。

从听到的声音，波纳奇感到，他的身体被挂在了钩子上，被剥了皮。这种悲痛是从前的一切悲痛所无法比拟的。她静静地站着哭。有时她会觉得，挂在那里的不是波万的身体——他们俩已经合二为一了，那他自己怎么会还有身体呢？

如今轮到她来照顾他了。她会保护身体里的那一个，不允许他的骨肉有一点儿损伤。他多活了一整年，就为了能与她身体交融，而且昨夜他就这么做了。一旦完成使命，他就离开了。她很欣慰，梅萨爷至少给了他们这点儿恩典。

一整天，他们没放羊群出去吃草。他们把羊拴在草料垛附近。波纳奇整晚都站着，盯着波万曾经待过的地方。她一口饲料都没吃。一股腥味钻进她的鼻孔，那是波万的身体在被火烤，而且被烤得焦黑。她用尽全力吸了一口气，把这气味留在身体里。

接下来的两天也像这样过去了。波纳奇下定决心，为了让身体里的波万活着，她要活下去，于是她就啃起了饲料。第二天黎明，老两口牵着波纳奇、卡丽和她的孩子，出发回家了。

老太婆的女儿亲热地跟她说："要是波纳奇再生一窝的话，您应该给我一只母羔子。我会想办法照料她，把她留在身边。您不该跟我说这样那样的托词，阿妈。"

"现在我就乐意把波纳奇留给你，但这种麻烦事，咱们起码等一段时间再说吧，没有必要。我会给你留只羔子，下次来给你。我怎么会不给你呢？”

老太婆出发前，说了很多安抚女儿的话。离开时，波纳奇感到波万在背后呼唤她。她立刻转过身，也呼唤起来。她的呼唤声碰上了前院里的印楝树，她听到了回声。

第二十一章

等到老太婆发现波纳奇怀上时，她已经有两个月了。她的奶水质量和产量有了明显变化，身体又添了一些光泽。她皮肤上那些干燥的粗毛掉落了，新毛长了出来，覆盖了她整个身体。

老两口很久晚上没有这么聊天了。“这波纳奇咋就背着咱们怀上了？不跟公羊配，母羊咋就神奇地怀上了？”老太婆说。

老汉努力寻思着不同可能性。母羊发情了，却没有大声叫唤到全村皆知，有过这种现象吗？可波纳奇没有过发情的迹象，没听到她发出交配的呼唤。是她自己怀上的吗？没见过她在草场上跟公羊亲热过啊。

最终，老汉猜到了真相："她准是在咱们去闺女家过节时怀上的。记得吗？咱们忙得要命，一整个星期都没空瞧瞧咱们的羊。"

不过，老太婆还是不太相信。这种事情没凭没据的，再怎么说，母羊怎么可能一次都没叫唤过，就怀上呢？一般来说，交配后两三天还能听到叫唤呢，但波纳奇没出过声。他们搞不懂她怀了多久了。只有到了生产那天，才能知道她是不是在出远门拜神那次怀上的。老太婆等着生产的那一天。

那一年没有下雨。人们用存的粮食凑合着过日子。但牛羊们要怎么喂养呢？饲料的存货在迅速减少。老汉要把羊赶到很远的草地上去放牧。各方面的情况都挺糟糕的。然而，老太婆还是在好好照顾波纳奇。不管找到什么，哪怕是一片干叶子，她都带回家。要是波纳奇没吃，她就把叶子放进草料堆，想着兴许日后会派上用场。她用自己的钱给波纳奇买棉花籽、渣饼吃，给她补充体力。毕竟她怀了七只崽儿呢。

老汉希望这一窝的羊羔能少些。他老伴儿也这么希望，但她知道这由不得他们。她跟老汉说，这一窝必须要选一只小公羊献祭给梅萨爷。去年就该这么做了，可是当时情况有所变化。现在他们得兑现双份的誓言了：今年一只，下一年也要一只。老汉答应了。

跟第一次不一样，波纳奇在草地上生产时毫不费力。只有老汉在她身边。有个羊倌提醒他波纳奇有状况，他跑到波纳奇身边，草地上的人都跑过去了。他们都渴望见证一次生七只羊羔的奇迹。老汉想带波纳奇回家。这么多人看着她，嫉妒的眼神会荼毒了她。而且他怎么能把七只崽儿一路带回家呢？

波纳奇没理会他的焦虑。她阵痛了一会儿后，躺下来使了一次劲儿。羊羔们像粪便一样滑出来，掉在地上。老汉的责任就是把羊羔糊在嘴上的黏液擦掉。连这个任务都有人主动要帮他。这一次的羊羔也不多不少，正好七只：五只母羊、两只公羊。有两只母的和一只公的是纯白色的。跟波万一样，这三只的下巴上长了一颗痣。波纳奇把所有孩子都舔干净。老汉请人回去报信，老太婆带着篮子来了。这以后，一切都是照旧的。

这次，扎耳朵的官老爷没有亲自来，他在衙门里记录了出生的羊羔。

没有雨水，大地干涸，人们每天都在挣扎求生。除了几个村民，没有人来看羊羔。尽管如此，这个消息还是被羊倌传到了四面八方。不过，那些大记者都没出现。他们兴许有更重要的新闻要报道。

奇迹是很少发生的事情，要是经常发生，就成平常事了。

波纳奇生产两天后，把第一窝羊羔都买走的那个人乘着牛车来了。他面无表情地看着在前院里到处跌跌撞撞的羊羔。

他跟老汉说：“小母羊都相继死掉了。不知道是我没照顾好她们，还是她们命该如此。我连一只都没养活。公羊都还在，他们配过的母羊还没生产。到时候就知道能生几只崽儿了。”

老两口听到这消息，很难过。他们没道理不相信他的话。这位先生花大价钱买了羊羔，却没能如愿，真是太让人失望了。可这一次他为什么还要来呢？

那个人接着说：“我们怎么能放弃这神羊家族的血脉？所以我又来了。这一次，我要从他们一出生就给他们好的营养，亲自抚养他们。”

在旱年怎么养七只羊羔？老两口发过愁。他们同意卖给他四只羊羔，留下了像波万的小母羊和小公羊各一只，还有一只像波纳奇的小公羊。老太婆发过誓，要把黑公羊献祭给梅萨爷。

这一次，老汉没给羊羔报价钱。那个人再怎么催他，他都不愿意报个金额。于是那个人自己算了价钱，给老汉付了账，把羊羔带走了。他付的钱比市场价高不少。老汉鼓起勇气问他的姓名和村名，他笑而不语。

波纳奇给三只羊羔的奶水很足。同时给七个孩子喂奶的辛劳痛苦成了过去。老太婆也不用照顾很多羊了。他们把卡丽和她的三个孩子卖了，只剩下了波纳奇和她的三个孩子。

到处都不见绿色。光秃秃的田野一直绵延到地平线。老两口不再出去牧羊了，他们只是解开波纳奇的绳子，让她自由活动。波纳奇尽己所能地走远些，大多在长草的河岸边刨食吃。

羊羔整天都在玩儿，开心地爬动、打滚儿，跳到波纳奇身上。现在她才体会到了有孩子的乐趣。当她看着像波万的小公羊和小母羊时，她感觉波万也在自己身边。

小羊长到三个月时，老汉去女儿家办事。他把波纳奇生的小母羊套上绳子，带着一起走。小羊都还没断奶呢，但是，上次她女儿特别想要一只，所以这次小羊就被带走了。

躺在那里的不是波纳奇，

而是一具石像。

尾声

第二十二章

只剩下波纳奇和她的两只小公羊了。这些日子，她特别容易想起波万。一天晚上，他似乎在她耳边低语，摩挲着她的脖子。不时地，她会毫无意识地发出渴望的叫唤。她感到了冲动，整晚都想叫唤。

老太婆发现了迹象。“这闹饥荒的时节，你想交配啊？”她责骂着波纳奇。但是第二天早上，她却把波纳奇赶到了草地上。波纳奇有好几个月没来这附近了。这里一片荒凉。没有雨水，人们都把羊卖了，能卖几个钱，就拿几个钱，好减轻自己的负担。

草场上似乎完全没有山羊，到处都是绵羊。绵羊在泥土里找食吃都能存活，而山羊需要嚼一把树叶才行。虽说这样，村子的公共土地上还是有一只小公羊在溜达。他闻到了波纳奇发情的气味，大叫着向她奔来。他的每一步都透着狂热和亢奋。

他在波纳奇身上蹭，想咬遍她全身。他围着波纳奇转，用鼻子去顶她。波纳奇不着急。她欣赏着小公羊的滑稽表演，好像在看自己第一胎生的儿子一样。由于这附近没有来过山羊，小公羊没有遇到机会。可今天，他发现了波纳奇。

当波纳奇在他的花式进攻下投了降，让他快活的时候，她还是忍不住想到了波万。所有人看见她，都说她是个奇迹。可她看到了波万的内心，发现了真正的奇迹。波万是被奇迹发现的奇迹：这么想他，她很欣慰。

老太婆估计，再过五个月，波纳奇随时都会生产。这之后，她不得不照料七只羊羔。想到这个，她就头大。她心想，是不是不该把波纳奇带去找公羊。不，那样做不地道。而且，要是波纳奇老叫个不停，叫上一个星期、十天的，她该怎么办？到时候，她上哪儿去找公羊？别人连小公羊都想卖掉。

“求梅萨爷给我指条路吧。”她祷告着，把责任交给了神灵。

老汉回来后，她把这事跟他说了。老汉考虑了很久。他们女儿家的村子也没下雨，沿路没一处下过一滴雨。

“阿修罗的地界里到处都没下雨。”他说。

女儿家里处境艰难，地里寸草不生，草料只有一小垛了。他们把家里的大部分牛羊都卖了，每天在家减了一餐饭。只有孩子能吃到有粥味的东西。他们能做的只有抬头看天，盼着下雨。

他说：“大家走路时，眼睛都望着天，连咱们这些总是低头看地的人为了盼雨，都抬头看了。”

女儿家收到小母羊，一点儿都高兴不起来。

“尽量留下她一些日子吧，再不行，就卖掉她。”老汉跟他们说。哪怕日子艰难，他们还是请他过去住了。“他们自己的日子都难，咱们上那儿去干啥呢？”老汉跟老伴儿说。

现在波纳奇又怀上了，他们打算留一只公羊献祭给梅萨爷，把其他的卖掉。不过他们找不到买家了。肉店老板上门来的日子已经一去不复返了。哪怕把这些羊羔吹成是神羊的后代，都没有人要碰他们。他们期待着之前买过波纳奇的羊羔、把他们用牛车运走的那位有钱人会再来，就这样等了几天。也许没有人通知他，也许他已经知道了，却不想买。在闹饥荒的时节，要奇迹有什么用？奇迹、展览品是为了供人们酒足饭饱后消遣用的。饥饿感把其他诱惑扫荡一空，在你面前越来越强烈。只有解决了饥饿，你才会有其他需求。哪怕很富有，你也只能吃食物吧？

几天后，老汉把公羊带到了集市上。待售的山羊很多，买家却很少，他们也没兴趣拿钱买羊。要是免费送羊，他们才愿意赶他们回家。一般情况下，集市上会有各种各样堆积如山的谷物、豆子。叫卖声会引来潜在的买家。而现在什么都没有了。寥寥无几的卖家把货品一小堆一小堆地摊开。即便这样，价钱也很高。一堆人围着粮食拥挤争抢。老汉这辈子都没见过这么凄惨的场景。

他抱着小羊站了很久。没有一个人过来问价钱。其他像他一样站着的人陆续离开了。只有站在他身旁的另一个老汉恹恹地说："你就买包岩盐，把肉腌一下，做成肉干给吃了吧。"

老汉记下了身旁这位的建议。集市里卖盐的摊子上没有买家，不过盐挺便宜的。他用头巾把盐包好，牵着小羊走回家了。

集市让老汉看清了眼下的世道。他开始担心，明年要是还不下雨会发生什么？现在他们只能挨下去，直到下雨。他愤愤不平地想着为了活命要付出的那些代价。

等到了家，他跟老伴儿形容了集市上的场景。老太婆不知道老汉是不是在故意吓唬她。但如果没人买小羊，情况肯定是很糟糕了。她不明白老汉为什么买了一包盐。

“只有盐是便宜的。”他说。

“你准备吃盐吗？”她问他。

第二天，老汉着手实施自己的计划。他叫老伴儿让波纳奇给小羊喂了奶。波纳奇的乳头里奶水很足，老太婆准备把小羊绑好，给她挤奶。他们俩那天早餐就喝了羊奶，午饭他们吃了棕粟做的粥，晚上就吃了点儿米糊。吃米糊的时候，老汉说：“为了活命，咱们应该再少吃点儿。没下雨之前，咱们每天少吃一顿，弄块湿布绑在肚子上降温。”

那天晚上，在老伴儿的帮助下，老汉把波纳奇生的黑公羊给割了喉咙。这是为了兑现诺言，把他献祭给梅萨爷。可眼下这时节，他们怎么能宰羊，还给全村人摆宴呢？他一边用姜黄水给小公羊清洗，一边跟梅萨爷祷告：“我们是专门为了您而拴了这只羊的啊，可您把这世上搞得一塌糊涂，我们咋能为您宰羊摆宴呢？我时不时地就给您上供，求求您，答应我们吧。”他虔诚地祈求着。

小公羊也点点头，晃晃身子，答应了。这时候，老汉才把他宰了。这是一个月明之夜。波纳奇无能为力，只能看着孩子被割掉的脑袋哭了一会儿。她想起那天看见波万被割掉的脑袋。

“我们为了让人吃肉而死，我们为了献祭而死。”他说过。

她孩子的死是为了让人吃肉，还是献祭呢？

老汉小心翼翼地剥下小公羊的皮。他把肉剐下来，给了老伴儿，老伴儿再把肉切成小块。最后，小羊变成了棕榈叶上的一堆羊肉。老汉慢慢把肉块都抹上从集市上买来的盐。等他们干完活儿睡觉时，卷尾鸟已经开始鸣叫了。

第二天，他们爬到自家田里的石头上，把肉摊开晾晒。闻到肉味的乌鸦和秃鹫开始在头顶盘旋。老两口在石头周围插上杆子，在杆子顶上绑上布。就这样，他们都赶不走乌鸦。它们成群结队地飞过来，一再发起攻击。老太婆把篮子倒扣在羊肉上，防止这些大鸟来吃。

然而，乌鸦还是俯冲了下来。老汉捡了一根大棍子，闭着眼睛向空中一通猛挥。一只乌鸦被打中，掉了下来。老汉捡起死鸟，把它挂在了杆子顶上。其他乌鸦在远处啼叫，不敢靠近了。不过，老太婆还是把羊肉都捧起来，放进了篮子里。更多大鸟加入争抢羊肉的战局，这似乎预示着更大的灾祸。

她把羊肉一块不少地带回家，然后在前院里晾晒。她保持着警惕，不过她知道猛禽一般都是在开阔的地方捕食，不太会去人家或者人来人往的地方。

随着时间的推移，他们越发减少了进食。早餐他们只喝波纳奇的奶，但是就连奶水都在减少，因为她肚子里的羊羔在生长。晚上，老两口喝小米粥，吃两块肉干。带波纳奇去草场的路上，老太婆一直在土里翻。在有些地方，她找到了莎草的块茎。她挖起来，采到了一把。这就够对付当天的一顿了。

老汉一大早会离开家，然后去什么地方。他回来时会带剑麻的块茎、红乳草的果子等能吃的东西。千辛万苦，只是为了减少点儿饥饿。存的肉干一个月就都吃完了。一天晚上，他们把波纳奇的另一只小羊宰了，做成了肉干。不管怎样，又能熬一个月了。他们的处境还没有波纳奇惨，她是一无所有了。

从波纳奇的乳房挤完最后一滴奶后，老太婆不再给她挤奶了，说今后她大概只会出血水了。波纳奇的身体里也没有血了，肚子里的孩子把血也吸干了。田里连一片干枯的小叶子都没有。有些日子，波纳奇吃印楝树叶或者啃剑麻。但什么都吃光以后，老两口不知道要怎么对待她。没有人愿意买她，要是免费送掉，别人会不顾她有孕在身，就把她给杀掉。传言说有人在杀猫狗吃了。

每过两天，老汉就从他们地里的棕榈树上割一片叶子。他把叶子切成碎片，喂给波纳奇吃。碎棕榈叶怎么够身孕沉重的母羊吃呢？波纳奇骨瘦如柴，就像一副骨架。怀着羊羔的肚子鼓胀得很明显。

羊崽儿生出来以后，我可以把他们埋在坑里，把波纳奇宰了吃肉，老汉想。他的老伴儿不答应。“把她埋了我能接受，可把她杀了吃肉，我是死活不忍心的。”她提高嗓门儿说。

“自打这个祸害玩意儿到咱们家，她就要了家里所有牲口的命。现在她又得要人的命了，你就等着看吧。”老汉咒骂着波纳奇。

第二十三章

村里的家家户户都没有牛羊、鸡鸭和猫狗了。大家都很绝望，不知道该怎么办。有些人家去了其他村镇。整个阿修罗的土地上一滴雨没下，去别的地方有什么意义？每个星期，官员们会给每家发一公斤面粉来煮面糊，但这连一顿都不够吃。不过大家还是都急着要领面粉。去发放点排队领面粉实际上特别煎熬。“排队，排队。”官差们一直在喊。就算这样，施舍给他们的东西怎么能不要呢？有传言说，过几天，官府会给每五六个村子开一个施粥站。

老两口担心女儿的处境。他们知道，去她家只会加重他们的负担，亲眼看到他们受苦更让人难受。要是有人要去他们的村子，老两口会请他们去看看女儿家过得怎么样。

老汉想把家里的一套锅具卖掉，但找不到买的人。他先是把用卖波纳奇孩子的钱买的耳钉和项链卖了，能卖多少钱，就拿多少钱回来。

他们仅有的几件铜器是一对小碗和一个罐子。他到集市上把它们卖了，用卖的钱买了半包珍珠稷。他老伴儿把粮食藏好，打算等波纳奇生产后给她吃。老汉不喜欢老伴儿为波纳奇开小灶，他只想把她卖掉或者处理掉，只是想不到办法。

波纳奇受尽了剧烈的饥饿。她一直挨着饿，绿棕榈叶是不够吃的。她啃树皮，用力咀嚼吞咽树枝。她的肚子连水都灌不饱。老太婆奔波到很远的地方，带回来一罐水。她会从罐子里量出一点儿水给波纳奇。

波纳奇的另一个困难是她的大肚子。羊羔得不到足够的营养，他们躺在肚子里像蠕虫一样扭来扭去，每只羊羔都往不同方向踢。波纳奇的脊背和肋骨在身体上线条分明，下腹像袋子似的垂着。

波纳奇没有力气带着大肚子走路。她连几分钟都站不了。她没有办法，只能经常躺下来，但是起身也很难。她必须身体用力向前，前腿跪着，然后把后半身抬起来，这样才能起来。因为前腿没力气支撑她，所以会弯曲和交叉。起身一半后，她会突然跌倒在地。她的肚子承受不了自身的重量，会撞在地上，波纳奇能感到羊羔在蠕动和叫唤。等她站起来时，她感觉像是从死亡边缘走了一遭又回来了。

一天，波纳奇躺了一会儿后，想站起来。她的腿已经变麻木了，必须进行伸展恢复。要是她连从弯曲的姿势把腿打直都不行的话，还能做什么？她试了好几次要抬起身体。她能稍微抬起来一点儿，但腿就是不配合。她长时间不站着，腿都僵硬了。波纳奇弱弱地叫着，她连声音都抬不高了，跟她是羊宝宝时一样虚弱。

当老太婆碰巧看到波纳奇时，发现她在叫。她跑过来，扶她起身，捧着她的下腹。波纳奇麻木的腿在地上站不稳。

老太婆按摩着她的四肢，直到它们恢复知觉。

这次事情之后，无论白天，还是夜晚，老太婆都看得很紧。她不时会把波纳奇扶起来，让她站着。很快，没有老太婆帮忙，波纳奇就真的站不起来了。老太婆也灰心和恐慌起来，不知道波纳奇怎么生产，他们要怎么处理羊羔。树上没几片棕榈叶了，现在他们只能把嫩芽掐下来。田里的篱笆都干枯倒塌了。四处都只有光秃秃的土壤。从现在开始，只能吃土了吗？

老太婆把准备波纳奇生产后给她吃的粮食拿出来。她磨了一把米，加面粉煮了点儿粥。这是家里仅剩的一点儿粮食了。老两口每人喝了一口，然后睡了。

老太婆的肚子瘪了，身体很弱。她一躺下就睡着了。她把床放在了波纳奇旁边。躺下睡觉前，她把波纳奇扶起来，让她站起身。波纳奇的腿在哆嗦，就好像随时要折断、瘫倒一样。不过她还是努力站着。她每天都盼着肚子里的负担减轻些。在她肚子里的这些孩子单靠棕榈叶碎片是怎么长的？她难以承受这种重负。

她想躺下来，就慢慢屈起前腿，跪在地上。突然，她的肚子溜到了地上，连往常的那点儿力气都没了。她感到自己的意识正在跟身体分离。她把头靠在羊棚一边的柱子上。她需要某种支撑。她脑子里在胡思乱想。

她不记得在凶神怀里的日子。她只是听到老汉兴致勃勃地讲过他们会面的经过。作为最初记忆刻在脑海里的场景是，老太婆温柔地叫“波纳奇，波纳奇”，然后把她放在腿上。虽然那时她因为缺奶喝而受了苦，但那些日子挺快乐的。在回忆的喜悦中，波纳奇睡着了。

她的梦中出现了各种面孔。波万出现得最多，她生过的每个孩子的面孔也都出现了。那个在大羊圈要骑她的老公羊臃肿的身躯像鬼影一样溜过来，包围住她。凶神的身影在她心里生成、变大，他像棕榈树那么高，垂下来的胳膊像是细棍子。他把波纳奇放在指尖，捧起来，用手指轻轻打着圈。

波纳奇感到眩晕。他越转越快，把她甩了出去。波纳奇在空中升高，然后头朝下往地上掉去。她的心在狂跳。

要是撞到地上，她的脸会被摔得稀巴烂，这样就没命了。快点儿。波纳奇突然睁开眼睛。

四周都是黑的。她的头靠在羊棚一边的柱子上。她晃晃头，头还没有撞到地上，还是完好的。她感到头晕，感觉整个身子都像麻掉了，像是躺了好久。她沉浸在梦中，忘记了时间。也许老太婆会来扶她起身。老太婆怎么了？

她看了看床上，眼睛适应了黑暗。老太婆一动不动地躺着。波纳奇试着提高声音呼唤她。夜里寂静无声，鸟儿的叽喳声早就消停了，没有牛羊的叫声，也没有昆虫的鸣叫。一切似乎都凝滞了。

波纳奇用力提高声音，嗓子里发出微弱的叫声。她一直在努力，但老太婆好像没有要起来的样子。波纳奇完全没办法挪动自己的身体，她身体里好像也没有东西在动了。

是没有动静，还是她感觉不到了？她的身体变得像石头一样硬，倒在了尘土中。只有意识还是清醒的。她又把头靠在了侧柱上，但靠不住，老往下滑。她用尽全身力气靠在柱子上。之后，她就没有了感觉。等老太婆惊醒过来去看时，波纳奇好像睡着了，脑袋垂在了一边。老太婆急忙跑过去摸她。

躺在那里的不是波纳奇，而是一具石像。

为了保持人性和理性，

我们被迫去捍卫、坚守这些至关重要的情感。

译后记

一部隐秘人性史

（英文版译后记）

能够翻译到情境、时间、题材各异的文本，是文学译者的命运，亦是荣幸。这些文本的共同之处在于，它们描写的世界里大多居住着人类；不同的是，动物的世界通常是儿童文学的主题。我还没有机会（说实话，也无意）以译者的身份参与儿童创意文学的创作。《黑山羊波纳奇》的主角是会思考、有感情的动物，但不是给孩子看的小说。实际上，它或许是第一部写给成年读者的泰米尔语动物小说。乔治·奥威尔的《动物农场》（1945年）、米哈伊尔·布尔加科夫的《狗心》（1925年）是这一题材的两个著名样本，熟悉该题材的读者猜测《黑山羊波纳奇》跟这两个文本类似，是一部具有强烈政治意味的作品，这倒也不算太离谱。

我们往往会生活在一些幽暗的年代，在那时，人类经过长期进化而来的隐秘情感大多遭到批判。为了保持人性和理性，我们被迫去捍卫、坚守这些至关重要的情感。穆鲁根在《黑山羊波纳奇》中出色地叙述了一只孱弱的山羊经历各种人类基本情感冲动的过程。当我们关注这只孤儿山羊的命运，当她的命运被人类和动物的强大力量所改变时，我们意识到作者的真正主题是我们自己的恐惧与渴望、原始欲望以及生存策略。通过精湛而细腻的叙事手法，穆鲁根使我们反思自身对于强权与奴役、无私与欲求、反抗与顺从、生与死的反应。《黑山羊波纳奇》不只是一只山羊的故事。通过对一个动物生命历程的探索，穆鲁根引导我们深入“隐秘人性史”，以及我们必须力争存留、不能删减的人性本质。

一出生就成为弃儿，经历了作为一只神羊的磨难，波纳奇体会了深植女性生活中的期盼和体制暴力。在穆鲁根的故事里，她在死去的那一刻变成了一具石像，这让人想起泰米尔纳德邦民间文化中的一个古老传说：一位无辜的女孩被人世间任意而无时不在的暴力摧残，而她的故事却被人当成神话崇拜。这很可能就是把这部小说视为当代成人文学文本来阅读的一把钥匙。

作为译者，翻译这样一个叙事文本是一种新奇的体验，在这里，动物的情感和体验、无数次肉欲的宣泄都被观察、表达得细腻而绝妙。希望仔细阅读文本能引领读者走进并借由波纳奇的世界，以及她在充满艰辛而短暂的一生中所遭受的苦难，去发现和认识自身。

衷心感谢我在 Westland 的编辑 V.K.Karthika，感谢她编辑这一复杂文本时的从容、娴熟、勤奋。不用多说，剩余的错误都是我造成的。

N. 卡兰 · 拉曼

2017 年 12 月 25 日于印度金奈

这个童话不是骗人的

（中文版译后记）

跟《黑山羊波纳奇》英文版译者一样，这本书也是我作为译者接触到的一个独一无二的题材。当一开始被告知这是一本类似“成人童话”的作品时，我的心里不由得打起了鼓，想起了那句著名的歌词——“童话里都是骗人的”，心想：成人的世界里还有童话吗？

然而，在翻译、阅读的过程中，我才渐渐发现，这个故事真不是我们想象的那种童话，它只是通过一只神奇的黑山羊的视角，讲述了生命的成长、人性的复杂以及世界的多变。说它是成人童话或者寓言，是因为它确实不是通常意义上的童话，你在童话中看到的套路通通行不通，从某种意义上讲它甚至有些“暗黑”。

首先，故事虽然讲的是一只黑山羊孤儿被一对老夫妻收养长大的经历，但它并没有一个知恩图报的精神内核，也没有一个皆大欢喜的结局。波纳奇在幼年时确实很依赖老太婆，但随着她长大，经历了一些事之后，她也曾经憎恨这个家对她的束缚和压迫，极力想要逃离，也会怨恨生活的艰辛。故事里的老两口虽然疼爱这只黑山羊，但也不免把她视为自己的财物，对她进行控制和索取，利用她获得利益，在遇到困难时也想过放弃她。故事的结尾我就不剧透了，但它绝不是一个“幸福快乐”的结局，从某种程度上来说，它更多地倒是一种象征意义上的“反抗”，一个内心向往自由的生命在经历了奴役、离乱、磨难之后的彻悟和决绝。

其次，在这个故事里看不见童话里通常出现的坏人和好人，每个角色都体现了复杂幽微的人性，是我们再熟悉不过的普通人。爱偷懒闲逛却怕老婆、怕跟官府打交道的老头子，勤劳善良却爱唠叨猜疑的老太婆，冲动好斗的公山羊，护犊心切的母山羊，仗势欺人的小吏，爱管闲事的村民，投机取巧的有钱人……这里既有亲情、友爱、善良、慷慨、宽容、坚忍，也不乏懒惰、贪欲、自私、冲动、猜疑、嫉妒、背叛。虽然这些特性大都是借故事里的一群山羊体现出来的，但是他们不是黑白分明、非善即恶，他们是丰满的、复杂的、矛盾的个体。这个故事分明是在写人，写社会，写我们成年人的生命真相。

再次，这个故事里有一个童话不可能触及的重要议题，那就是爱与性的关系。作家用近乎直白的笔触描写了母山羊在发情期的躁动不安，还用细腻的笔触描写了波纳奇和心上“人”在一起时的幸福与愉悦以及作为生育机器被迫与老公羊交配时的不甘与痛苦。它讲述了生命本能的冲动，以及爱对于这种冲动的升华。

用当下流行的话说，整个故事的底色其实是很“丧”的，尤其是最后几章对于苦难的描写到了近乎残忍的地步。尽管如此，这个故事中也不乏快乐甚至诗意的描绘。我最喜欢的几个场景：一开始老头子坐在土丘上看日落和彩霞；波纳奇在草地上和小伙伴一起撒欢玩耍；波纳奇在森林中看到月光下一群野猪在池塘中嬉戏；波纳奇与波万相知相识、相依相恋。这些场景会让人想到，生活虽然在不停地捶打着我们，但也确实给了我们不少接近美好的机会。

很奇怪，我竟然在翻译一位印度作家的动物寓言故事时收获了很大的共鸣。从婚姻关系、亲子关系，到渴望自由与希望安稳的矛盾，到人际关系的潜规则，再到友情观、恋爱观，我们成长过程中无法言说的变化、习以为常的无奈，生命中不为人知的欲望和情绪，都在这个寓言式的故事中被抽丝剥茧地展现出来。我同意苏珊·桑塔格所说的，我们不提倡对文学作品进行简单意义上的解读，好的文学作品应该是能使读者产生共鸣，产生审美上的愉悦。

也许，《黑山羊波纳奇》并不是一个具有宏大叙事主题的作品，它就是一个不太纯粹但又生动感人的“童话”故事，讲述了真实的悲欢离合、爱恨情仇、酸甜苦辣，从而讲述了生活的真相、人性的真相，并让我们这些经历着这些真相的普通人由此产生共鸣，得到治愈。

译者：卢屹

2020 年 7 月于上海